TOM P

GYDA'N GILYDD

Lluniau
Brian Williamson

Addasiad
Mari George

Gomer

I Peter, trueni nad wyt ti yma hefyd

Cyhoeddwyd gyntaf yng Nghymru yn 2016 gan
Wasg Gomer, Llandysul, Ceredigion SA44 4JL
www.gomer.co.uk

Cyhoeddwyd gyntaf ym Mhrydain yn 2009 gan Puffin Books Ltd,
80 Strand, Llundain WC2R 0RL
dan y teitl *Football Academy: Boys United*

ISBN 978 1 78562 166 6

ⓗ y testun: Tom Palmer, 2009 ©
ⓗ y lluniau: Brian Williamson, 2009 ©
ⓗ y testun Cymraeg: Mari George, 2016 ©

Dymuna'r cyhoeddwyr gydnabod cymorth ariannol
Cyngor Llyfrau Cymru.

Argraffwyd a rhwymwyd yng Nghymru gan Wasg Gomer,
Llandysul, Ceredigion SA44 4JL

Cynnwys

Gwilym

Ers iddo ddechrau cerdded, roedd Gwilym Edwards wedi bod yn cicio pêl ac ers cyn cof, roedd wedi breuddwydio am fod yn chwaraewr pêl-droed proffesiynol. Nid am ei fod eisiau bod yn gyfoethog fel Gareth Bale neu Aaron Ramsey. Nid dyna oedd y rheswm. Roedd am fod yn bêl-droediwr oherwydd ei fod yn *caru* pêl-droed.

A phe bai'n gallu chwarae pêl-droed fel gyrfa, byddai ar ben ei ddigon.

Doedd e ddim eisiau gweithio mewn i swyddfa ddiflas bob dydd fel ei fam neu mewn ffatri fel ei dad. Roedd Gwilym eisiau bod allan yn chwarae ar gaeau pêl-droed yn rhedeg, yn taclo ac yn sgorio goliau.

Cafodd Gwilym afael yn y bêl ar ganol y cae ac edrychodd i fyny.

Doedd neb o chwaraewyr eraill ei dîm o'i flaen nac wrth ei ochr. Dim ond tri

amddiffynnwr o'r tîm arall oedd rhyngddo
â'r gôl-geidwad ac yna'r gôl.

Cyfrifoldeb Gwilym oedd ennill y gêm hon.

Pan ddaeth yr amddiffynnwr cyntaf
ato, arhosodd iddo ddod yn agos, agos, yna
gwthiodd y bêl ymlaen gan redeg heibio iddo.

Dim ond dau i'w curo bellach.

Daeth yr ail amddiffynnwr ymlaen ar
garlam gyda'r bwriad o lorio Gwilym. Ond
camodd i'r ochr ar yr eiliad dyngedfennol
gan adael hwnnw ar ei ben ôl mewn pwll
o fwd.

*Dim ond un amddiffynnwr i'w drechu
bellach.*

Roedd y trydydd un yn sefyll yn llonydd,
llonydd. Yn aros.

Roedd Gwilym wedi ceisio mynd heibio
iddo sawl gwaith yn barod yn ystod y gêm
ond roedd hwn yn gyflym ac wedi cipio'r bêl
o'i afael bob tro hyd yn hyn.

Felly, y tro hwn . . . cododd Gwilym y bêl yn gelfydd dros ben ei wrthwynebydd gan ei adael yn sefyll yn stond fel delw.

Fel mellten, carlamodd Gwilym i mewn i'r cwrt cosbi gyda'r amddiffynnwr olaf yn dal i grafu'i ben yn syn. Yn gwbwl reddfol, ciciodd Gwilym y bêl yn galed tuag at gornel chwith uchaf y gôl.

Taflodd y gôl-geidwad ei hun tuag at y bêl gan ymestyn pob gewyn o'i gorff . . . ond yn ofer. Roedd y bêl yng nghefn y rhwyd a Gwilym ar ben ei ddigon yn dathlu ei ymdrech gofiadwy.

Wedi'r chwiban olaf, daeth rheolwr y tîm draw ato.

'Dyna'r gôl orau i ti ei sgorio i ni erioed, Gwilym.'

'Diolch, Mr Jones,' meddai yntau.

'Ond falle mai honno fydd dy gôl olaf di,

yn anffodus.' Edrychodd Gwilym ar ei draed yn benisel. *Efallai nad oedd ei gôl yn ddigon i guddio'i berfformiad gwael yn ystod gweddill y gêm wedi'r cwbwl.* Doedd e ddim yn gwybod beth i'w ddweud.

'Mae treialon yr Academi yr wythnos hon, on'd ydyn nhw?' holodd Mr Jones.

'Mewn dau ddiwrnod,' meddai Gwilym. Dyna'r cwbwl oedd wedi bod ar ei feddwl ers dyddiau. 'Sori.'

Chwerthin wnaeth Mr Jones. 'Paid ag ymddiheuro, Gwilym bach. Ry'n ni i gyd wrth ein bodde drosot ti. Os gei di le yn yr Academi, dyna beth fydd un o'r pethe gore fydd wedi digwydd yn hanes y pentre 'ma. Dim ond un chwaraewr arall sydd wedi llwyddo i gyrraedd clwb proffesiynol, a dyma tithe, nawr, yn mynd i ddangos dy ddonie i un o'r timoedd gorau yn y wlad – Dinas Caerdydd.'

Edrychodd Gwilym ar aelodau eraill ei dîm oedd wedi ymgasglu ar ochr y cae. Pe *byddai'n* cael lle yn Academi Caerdydd fyddai e ddim yn cael chwarae i'r tîm lleol rhagor – dim ond i Gaerdydd. Roedd hynny'n ei wneud yn drist. Ond roedd y syniad o chwarae i Gaerdydd yn gyffrous.

'Gwna'n siŵr dy fod yn ymarfer gyda dy dad weddill yr wythnos, Gwilym,' meddai Mr Jones. 'Ma' isie i ti fod ar flaen dy draed, cofia.'

Edrychodd Gwilym draw at ei dad, oedd yn sefyll ar ochr y cae. Cododd hwnnw ei fawd arno.

'Iawn,' meddai Gwilym gan droi at Mr Jones eto.

'A Gwilym?'

'Ie?'

'Jyst cofia mai'r ffordd wyt ti'n chwarae sy'n bwysig. Nid dy faint di.'

Gwenodd Gwilym. Roedd Mr Jones
wedi darllen ei feddwl.

Nid y treialon i Gaerdydd oedd y cyntaf
iddo. Roedd wedi ceisio cael lle yn Abertawe.
Ond er iddo wneud yn dda iawn a chael
canmoliaeth am ei sgiliau ar y cae, y teimlad
oedd ei fod yn rhy fach i lwyddo.

'Iawn, Mr Jones,' meddai Gwilym. 'Diolch.'

'Croeso,' meddai'r hyfforddwr. 'Nawr
cer a gwna dy orau glas.'

Rhy Fach i Chwarae Pêl-droed

Y diwrnod wedyn, aeth tad Gwilym ag e i'r llyfrgell yn y dref.

'Beth ni'n neud fan hyn?' gofynnodd Gwilym. 'Mae'r treialon fory. Pam na allwn ni fynd i ymarfer?'

'Nes mlaen,' meddai ei dad. 'Mae isie i ni edrych ar lyfre yn gynta.'

Doedd Gwilym ddim yn deall.

Ei dad oedd wedi bod yn ei hyfforddi o'r cychwyn cyntaf, ac nid cicio pêl yn unig fydden nhw'n ei wneud. Roedd ei dad yn feistr caled, yn mynnu fod Gwilym yn rhedeg nerth ei draed bob amser.

Penio, gwibio, taclo.

Atal, pasio.

Popeth.

Felly beth oedden nhw'n ei wneud yn y llyfrgell, yn sefyll wrth ochr arddangosfa *Nôl i'r Ysgol*?

Yna deallodd Gwilym. Meddwl am ei addysg oedd ei dad, nid meddwl am bêl-droed. Roedd y flwyddyn ysgol newydd ar fin dechrau – mewn tri diwrnod. Ac nid blwyddyn newydd yn unig oedd o'i flaen eleni ond *ysgol* newydd. Ysgol uwchradd.

Roedd mynd i ysgol newydd wedi bod ar feddwl Gwilym – wel, yng nghefn ei feddwl mewn gwirionedd. Y gwir oedd ei fod wedi bod yn poeni mwy am y treialon ar gyfer Caerdydd na symud ysgol.

Ond roedd Gwilym yn sylweddoli y byddai'n rhaid iddo wynebu pethau mwy diflas nawr, fel ysgol a llyfrau . . . ac roedd hi'n amlwg fod ei dad yn mynd i wneud yn siŵr ei fod yn cymryd pethau o ddifri.

'Reit,' meddai ei dad, 'ble mae'r llyfrau pêl-droed?'

'Yn adran y plant, siŵr o fod,' atebodd Gwilym yn syn. Nid dyma beth oedd e'n ei ddisgwyl.

Aeth y ddau at y silffoedd llyfrau plant.

'Mae dewis da yma,' meddai ei dad, gan edrych trwy ryw ddwsin o lyfrau am sut i chwarae pêl-droed: sut i ymosod, amddiffyn neu arbed gôl.

'Ond ble mae'r cofiannau?'

'Dim syniad,' atebodd Gwilym.

Roedd menyw wrthi'n rhoi llyfrau ar y silffoedd gerllaw ac fe glywodd Gwilym a'i dad yn siarad.

'Mae'r cofiannau draw fan'na,' meddai gan bwyntio at silff arall.

'Diolch.'

Edrychodd Dad drwy'r adran cofiannau gan ddewis tri llyfr. Cofiannau gan y pêl-droedwyr Joe Allen, Aaron Ramsey a Brian Flynn. Roedd Brian Flynn yn arwr i dad Gwilym. Roedd ganddo lun wedi'i lofnodi ganddo ar y wal y stafell fyw.

'Ond, Dad! Fydde'n well gyda fi fynd mas i chwarae pêl-droed.'

'Aros funud,' meddai ei dad. 'Dwi eisiau i ti edrych ar rhain.' Agorodd y llyfrau ar dudalennau oedd yn dangos lluniau o'r chwaraewyr gyda'u timoedd.

'Beth sy'n debyg rhyngddyn nhw?' gofynnodd Dad.

'Dim syniad,' atebodd Gwilym.

'Edrycha eto,' meddai Dad.

'Ar beth?'

'Maen nhw'n fychan, on'd y'n nhw?'

'Beth?'

'Dy'n nhw ddim yn chwaraewyr mawr o ran corff,' meddai Dad.

Edrychodd Gwilym eto ar y lluniau. Roedd y tri chwaraewr roedd Dad wedi'u henwi yn llai nag aelodau eraill eu tîm. Llawer llai a dweud y gwir. Doedd Gwilym ddim wedi ystyried hynny o'r blaen.

Trodd ei dad i gefn y llyfrau lle roedd cofnod o bob gêm roedd y tri chwaraewr

wedi ei chwarae i'w clwb a'u gwlad –
pob gôl oedden nhw wedi'i sgorio, pob
gwobr oedden nhw wedi'i ennill.

'Rhyngddyn nhw,' meddai Dad, gan
bwyntio at y tudalennau eto,' mae'r tri yma
wedi chwarae i Gymru sawl gwaith. Maen
nhw wedi ennill cynghreiriau gyda'u timoedd
a llwyth o wobrau eraill hefyd. Er eu bod
nhw'n fach, maen nhw wedi llwyddo.

Nawr, roedd Gwilym yn deall pam roedd
ei dad wedi dod ag e i'r llyfrgell.

Y Rheolwr

R oedd Gwilym yn nerfus.
Roedd e'n nerfus oherwydd
fod ei dad newydd droi oddi ar
y draffordd yng Nghaerdydd ar y ffordd
i gae hyfforddi Dinas Caerdydd – ac i
academi'r chwaraewyr ifanc. Rhan o
baratoadau'r corff oedd nerfau, yn ôl ei
dad. Byddai angen i Gwilym fod yn llawn
nerfusrwydd er mwyn iddo gael yr egni i
chwarae'n dda pan fyddai angen.

Edrychodd Gwilym ar ei dad.

Gwenodd hwnnw.

'O leiaf does gyda ni ddim sticeri Abertawe ar y car,' meddai Dad.

Gwenodd Gwilym. Fel un o gefnogwyr yr Elyrch, roedd e'n ceisio peidio â meddwl amdano'i hun fel bradwr wrth iddo ddod yn nes at dir tîm Dinas Caerdydd am y tro cyntaf – tir y gelyn.

Erbyn hyn roedden nhw'n agosáu at yr Academi. Roedd y lle'n union fel roedd Gwilym wedi'i ddisgwyl; yn fodern, yn las, llwyd a gwyn ac yn llawn gwydr a metel – fel yr adeiladau newydd yn ei hen ysgol.

O fewn Tŷ Chwaraeon Caerdydd, oedd wedi ei adeiladu yn 2010, roedd yr Academi, ac roedd y lle'n llawn cyfleusterau gwych, yn cynnwys caeau 3G.

Wrth iddyn nhw ddod o'r car, edrychodd Gwilym o'i gwmpas a rhyfeddu. Dyma lle y dechreuodd pobol fel Aaron Ramsey

chwarae pan oedd tua'r un oed ag oedd
Gwilym nawr, a hynny wedi iddo gael
ei weld yn chwarae yn nghystadleuaeth
yr Urdd!

Hanner awr yn ddiweddarach, roedd
Gwilym yn sefyll yn amyneddgar gyda
phymtheg o fechgyn eraill wrth ochr y cae –
yn barod am y treialon.

Roedd rhai ohonyn nhw'n gwisgo crysau
Caerdydd ac roedd rhai mewn dillad plaen.

'Helô, bawb,' meddai'r dyn oedd yn
cynnal y sesiwn. 'Phil Richards ydw i,
rheolwr y tîm dan ddeuddeg yma yn
Academi Dinas Caerdydd. Croeso i chi
'ngalw i'n Phil. Ydy pawb yn barod?'

Roedd Phil yn gyhyrog, yn weddol dal a
chanddo wallt tywyll, anniben. Edrychai fel
un o'r dynion roedd Gwilym wedi'u gweld
mewn ffilmiau rhyfel, yn rheoli ac yn cyfarth

gorchmynion. Roedd ei lais yn ddwfn
ac yn gras.

'Ry'n ni'n mynd i wneud set o
ymarferion,' meddai Phil, 'i weld pa mor
gyflym y'ch chi, i edrych ar eich sgiliau ac
asesu eich cymeriad. Wedyn fe gawn ni gêm
fach. Wyth bob ochr. Byddwn ni yma am
ryw ddwy awr i gyd. Iawn?'

Nodiodd y bechgyn i gyd eu pennau.

Edrychodd Gwilym draw at ochr arall
y cae lle roedd y rhieni'n sefyll – rhes o ryw
ugain neu bump ar hugain ohonyn nhw.
Gwelodd ei dad yn edrych tuag ato, yn
gwenu. Torrodd yr haul drwy'r cwmwl ac yn
sydyn roedd yr Academi'n gynnes braf.

Yunis

A r ôl cynhesu drwy redeg o gwmpas y cae ddwywaith – rhedeg ymlaen, yn ôl ac i'r ochor – roedd rhaid i'r bechgyn i gyd redeg yn gyflym. Gwilym oedd y cyflymaf ac roedd bachgen Asiaidd yn glos y tu ôl iddo.

Wrth iddo edrych ar y rheolwr yn gwneud nodiadau, daeth y bachgen Asiaidd draw at Gwilym. Roedd yn dal a chanddo ysgwyddau llydan a gwallt byr du.

'Ti'n gyflym,' meddai wrth Gwilym.

'A tithe hefyd,' meddai Gwilym.

'Dwi'n falch mai rhedeg y'n ni'n ei wneud gyntaf,' meddai Yunis.' Dwi'n teimlo'n well nawr.'

'A finne,' meddai Gwilym gan edrych draw at y rheolwr eto. 'Dwi'n teimlo'n fwy hyderus 'nawr. Yn barod am unrhyw beth.'

'Finne hefyd,' meddai Yunis. 'Pa safle wyt ti'n chwarae? Nid blaenwr wyt ti, nage fe?'

'Nage. Asgell chwith. Ti?'

'Blaenwr.'

'Reit,' gwenodd Gwilym. Roedd hyn yn newyddion da gan na fyddai'r ddau'n cystadlu yn erbyn ei gilydd am yr un safle.

Edrychodd Yunis ar weddill y rhieni oedd yn sefyll bum metr o'r ystlys, tu ôl i linell nad oedden nhw'n cael ei chroesi.

'Ydy dy dad yma?' gofynnodd Yunis.

'Ydy. Yr un ar y pen yn y siaced lwyd,' atebodd Gwilym. 'Pa un yw dy dad di?'

'Dyw e ddim yma.'

'Doedd e ddim yn gallu dod?' gofynnodd Gwilym.

'Oedd,' meddai Yunis. 'Ond dyw e ddim eisiau bod yma. Mae e'n credu mai gwastraff amser yw pêl-droed.'

'Ochneidiodd Gwilym gan wneud i Yunis wenu.

'Dwi'n gwbod!' meddai Yunis. '*Pêl-droed* yn wastraff amser? Byth!'

Am yr awr nesaf roedd rhaid i'r bechgyn redeg gyda'r bêl o flaen eu traed o gwmpas conau ymarfer. Wedyn, roedd rhaid taro'r bêl at ei gilydd, ymarfer ciciau gosod a thafliadau a cheisio taclo.

Erbyn hyn, roedd Gwilym yn teimlo'n hyderus. Ond roedd e'n gwybod mai unwaith y byddai'r gêm yn dechrau y cai gyfle i ddisgleirio. Yn y gêm, byddai'n gallu rhedeg gyda'r bêl a'i chroesi i mewn i'r cwrt. Dyna oedd ei arbenigedd.

Cafodd Gwilym ei roi ar yr ochr chwith ganol cae ar gyfer y sesiwn wyth bob ochr – ei hoff safle. Roedd yn chwarae'n erbyn cefnwr anferth ar yr ochr dde. Y tro cyntaf i Gwilym alw am y bêl cafodd ei phasio'n berffaith at ei draed. Aeth â hi at yr ystlys er mwyn curo'r cefnwr ar y tu allan, ond daeth hwnnw i'w atal a'i wthio'n ddiseremoni oddi ar y bêl.

Cododd Gwilym gan edrych ar y rheolwr. Roedd e'n gwneud rhagor o nodiadau.

Beth oedd e'n sgrifennu, tybed? Y tro nesaf i Gwilym gael gafael ar y bêl ceisiodd fynd â hi o gwmpas yr amddiffynnwr eto. Ond cafodd ei daclo'n galed a chollodd y bêl.

Edrychodd ar y rheolwr ac yna ar ei dad. Teimlodd Gwilym ei fod wedi cael ei daclo'n anghyfreithlon. Ond roedd e'n gwybod nad oedd pwynt codi twrw na swnian chwaith.

Os nad oedd y rheolwr yn credu ei bod yn drosedd yna doedd hi ddim yn drosedd.

Gallai Gwilym ddychmygu beth oedd Phil Richards yn ei feddwl: cafodd y bachgen yna ei daclo'n rhy hawdd – mae e'n rhy fach.

Suddodd ei galon.

Roedd e'n digwydd eto.

Roedd popeth yn mynd o'i le.

Gôl

Edrychodd Gwilym draw at ei dad. Byddai angen i rywbeth mawr ddigwydd os oedd y treialon yma'n mynd i wella. Roedd Gwilym yn prysur golli hyder.

Roedd ei dad yn dal ei ddwylo'n syth yn erbyn ochr ei lygaid. Neges glir oedd honno i Gwilym ddechrau canolbwyntio ac anghofio am y rheolwr a'i glipfwrdd a chwarae hyd orau ei allu.

Ceisiodd gofio geiriau ei dad ddoe yn y llyfrgell ynglŷn â'r tri chwaraewr. Roedden nhw i gyd wedi chwarae i Gymru ac roedden nhw wedi ennill gwobrau lu er gwaethaf eu maint. Roedden nhw wedi llwyddo.

Roedd cofio'r geiriau hynny'n help mawr iddo.

Y tro nesaf i Gwilym gael gafael ar y bêl fe'i pasiodd hi'n gyflym at Yunis a gwibio heibio'r amddiffynnwr. Ceisiodd yr amddiffynnwr neidio i mewn i'r dacl yn giaidd ond sgipiodd Gwilym dros ei goesau.

Yna pasiodd Yunis y bêl 'nôl at Gwilym a oedd, yn sydyn, mewn erwau o dir agored.

Cymerodd Gwilym ei amser. Roedd yn ymwybodol ei fod wedi troseddu'n erbyn y cefnwr mawr ac nad oedd angen iddo frysio. Rhedodd tuag at y gôl a gwneud triciau fel Ronaldo â'r bêl er mwyn curo'r amddiffynnwr nesaf. Yna pasiodd y bêl

yn slic at Yunis oedd wedi rhedeg i mewn
i'r cwrt.

Cafodd hwnnw afael ar y bêl â'i droed
dde.

Un i ddim.

Clywodd Gwilym gymeradwyaeth gan
y rheolwr y tu ôl iddo. Ond edrychodd e
ddim o'i gwmpas, dim ond cymryd ei safle er
mwyn ailddechrau'r gêm.

'Diolch am dy help di, Gwilym,' meddai
Yunis.

'Dim problem,' gwenodd Gwilym. 'Gôl dda. O nawr ymlaen, unwaith y bydda i wedi curo'r amddiffynnwr cyntaf, dwi'n mynd i drio croesi'n gynnar i'r cwrt atat ti. Oce?'

'Siwtio fi! Diolch.' Roedd Yunis yn gwenu fel giât.

Aeth y gêm yn dda o hynny ymlaen. Doedd yr amddiffynnwr mawr ddim yn dod yn agos at Gwilym nawr. Ac roedd Yunis yn giciwr gwych, wastad yn y lle iawn ar yr amser iawn.

Crëodd Gwilym dair gôl arall, y cwbwl yn croesi o'r ochr chwith.

Gyda dim ond munud o'r gêm ar ôl, penderfynodd Gwilym ddangos ei fod *e*'n gallu sgorio hefyd. Yn lle chwarae'r bêl at Yunis, ffugiodd ei phasio gan dwyllo pawb, cyn tynnu'r gôl-geidwad oddi ar ei linell a phlannu'r bêl yng nghornel y rhwyd.

Gôl. Un wych.

Clywodd Gwilym ei dad yn gweiddi 'HWRÊ!' Edrychodd draw ato a gwenu.

Yna sylwodd ar ddyn mewn cot fawr yn sefyll wrth ochr ei dad. Roedd e'n curo'i ddwylo hefyd. Er ei fod yn edrych yn gyfarwydd iawn, roedd Gwilym yn methu'n deg â chofio pwy oedd e.

Tad rhyw fachgen arall, siŵr o fod, meddyliodd. *Rhywun roedd wedi'i weld mewn gêm o'r blaen efallai.*

'Pwy yw hwnna yn y got fawr?' gofynnodd Gwilym i Yunis oedd yn rhedeg wrth ei ochr.

'Dwyt ti ddim yn gwybod?' atebodd hwnnw'n syn.

Doedd gan Gwilym ddim amser i ateb. Roedd Phil wedi chwythu'r chwiban. Diwedd y gêm.

'Reit, bois,' meddai Phil. 'Da iawn chi, bob un. Fel y'ch chi'n gwybod, dim ond dau chwaraewr allwn ni ddewis – falle tri – ar gyfer y tymor nesa. Felly ewch i newid tra'n bod ni'n dod i benderfyniad ac yn siarad gyda'r rhai ry'n ni wedi eu dewis yn unigol.

Cerddodd un ar bymtheg o fechgyn i'r stafell newid yn ymwybodol y gallai bywydau dau neu dri ohonyn nhw newid am byth.

Colli Cyfle

Eistedd a'i ben i lawr roedd Gwilym, yn ceisio ymlacio ar ôl y treialon.

Pan edrychodd i fyny, roedd Yunis yn sefyll o'i flaen.

'O'n i'n meddwl dy fod ti wedi mynd,' meddai Gwilym.

Ysgydwodd Yunis ei ben heb ddweud gair.

Roedd e'n gwisgo siaced ysgol a throwsus du. Edrychai'n smart ond allan o le gan fod y bechgyn eraill mewn dillad *Nike*, *Bench* ac *Adidas*.

'Ro'n i eisiau dweud diolch,' meddai Yunis yn swil, 'am basio'r bêl ata i gymaint.'

'Ond gwranda . . . dwi newydd glywed . . .' stopiodd Yunis.

'Ti'n iawn?' gofynnodd Gwilym.

Pwysodd Yunis ymlaen yn agosach ato gan siarad yn dawel. 'Maen nhw wedi gofyn i fi arwyddo.'

Edrychodd Gwilym arno'n llawn edmygedd. Roedd Yunis wedi cael ei ddewis i chwarae i dîm yr Adar Gleision. Dim ond i'r tîm dan ddeuddeg efallai, ond roedd e'n dal yn mynd i fod yn chwarae iddyn nhw.

'Da iawn,' meddai Gwilym. 'Dwi mor falch.'

'Heb dy help di . . . fydde hyn ddim wedi digwydd.'

Ysgydwodd Gwilym ei law. 'Croeso,' meddai.

'Mae'n rhaid i fi fynd,' meddai Yunis

gan edrych ar ei oriawr. 'Mae Dad yn aros amdana i.'

'Ddaeth e wedi'r cwbwl? Ma hynny'n grêt.'

'Na. Dyw e ddim *yma*. Bydd e tu allan, yn cadw llygad ar ei oriawr.'

'Ond bydd e wrth ei fodd dy fod ti wedi cael dy ddewis.'

'Na. Bydd e'n siomedig. Mam wnaeth ei berswadio i adael i fi ddod. Ar yr amod 'mod i'n gwneud fy ngorau gyda 'ngwaith ysgol wedyn. Dyna'r trefniant.'

Doedd Gwilym ddim yn gwybod beth i'w ddweud. Teimlai ychydig o drueni dros Yunis am nad oedd neb o'i deulu yno i rannu ei foment fawr.

'Well i fi fynd,' meddai Yunis. 'Gobeithio gei *di* dy ddewis hefyd. Dwi'n siŵr y cei di. Wela i di wedyn.'

'Wela i di,' meddai Gwilym.

Gwyliodd Yunis yn gadael gan deimlo'n falch fod ei dad wedi dod gydag e. Roedd hynny'n gysur i Gwilym wrth iddo gystadlu am le yn yr Academi.

Unwaith i Yunis fynd drwy'r drws daeth dyn a chanddo wyneb coch i mewn i'r stafell newid. Roedd e'n gwisgo trowsus tracwisg a bathodyn Cymru arno.

'WIL! WIL! TI MEWN,' gwaeddodd.

Rhedodd heibio i Gwilym ac yn syth at ei fab – bachgen gyda gwallt byr melyn – a'i godi i'w freichiau. Edrychodd y bachgen arno'n syn. Roedd y tad yn gweiddi fel petai gôl newydd gael ei sgorio ond doedd neb arall yn dweud gair. Roedd pawb yn hollol dawel.

'Dwi wedi cytuno, wrth gwrs. Mae'r ffurflenni yna'n barod i'w harwyddo. Ti'n chwarae i Academi Caerdydd, boi!'

Edrychodd y tad ar y chwaraewyr eraill gan wenu'n fuddugoliaethus cyn arwain ei fab allan o'r stafell newid.

Edrychodd y bechgyn i gyd ar ei gilydd am eiliad cyn plygu eu pennau. Doedd pethau ddim yn edrych yn dda iddyn nhw felly, a chyn lleied o lefydd ar gael. Yr un fyddai neges eu rhieni y tu allan i'r stafell newid mae'n siŵr, sef nad oedden nhw wedi cael eu dewis i'r garfan.

Ciciodd un o'r bechgyn ei fag ar draws y stafell newid mewn tymer.

Caeodd Gwilym ei lygaid. Teimlai fel crio. Roedd e wedi methu.

Unwaith eto.

Y Dyn yn y Got Fawr

Ychydig funudau'n ddiweddarach daeth Phil Richards i mewn i'r stafell newid. Er bod y rhan fwyaf o'r bechgyn yn barod erbyn hyn, roedd bagiau a dillad pêl-droed ar hyd y lle i gyd o hyd. Doedd neb wedi dweud gair ers i'r tad uchel ei gloch fynd allan.

'Iawn,' meddai Phil. 'Jyst i adael i chi wybod – ry'n ni wedi siarad â'r rheini roedden ni eisiau'u gweld. A'r chwaraewyr, dwi'n meddwl.'

Edrychodd o gwmpas y stafell a cheisiodd Gwilym ddal ei lygad, er mwyn dweud diolch. Ond doedd Phil ddim wedi sylwi arno.

'Ry'n ni wedi dewis ein carfan.' Stopiodd Phil siarad. 'Sori nad ydych chi i gyd wedi bod yn lwcus y tro hwn. Unwaith y byddwch chi wedi gorffen newid wna i roi'r rhesymau a rhoi gwybod i chi beth allwch ei wneud i wella erbyn y tro nesa. Iawn?'

Ochneidiodd rhai o'r bechgyn.

Edrychodd Gwilym i fyny ar y rheolwr ond roedd e'n dal heb sylwi arno.

Daeth teimlad rhyfedd drosto – fel pe na bai ots ganddo pe bai wedi ei ddewis neu beidio.

Roedd yr haul wedi cilio a'r cae hyfforddi'n edrych yn llwyd erbyn i bawb ddod allan o'r stafell newid. Edrychodd Gwilym i gyfeiriad y criw rhieni a bechgyn gan chwilio am ei dad. Doedd e ddim yn gallu'i weld. Ond fe welodd rywun arall, a doedd e ddim yn gallu credu'r peth.

Roedd ei dad yn siarad â rheolwr Caerdydd. Rheolwr *y tîm cyntaf*. Y dyn oedd wastad yn siarad ar y teledu ar ôl gêmau. Hwn oedd y dyn yn y got fawr roedd Gwilym wedi'i weld yn ystod y treialon. Doedd e ddim wedi ei adnabod o bell.

Gan nad oedd Gwilym wedi'i weld yn y cnawd o'r blaen doedd e ddim yn gallu peidio syllu arno. Yna sylweddolodd bod y dyn a Phil yn edrych arno ac yn gwenu ac roedd tad Gwilym yn gwenu hefyd.

Galwodd ei dad e draw ond sefyll yn ei unfan wnaeth Gwilym. Gwyliodd ei dad yn troi at y rheolwr, ysgwyd ei law yn egnïol a dechrau cerdded draw at ei fab.

Wrth i'w dad agosáu sylweddolodd Gwilym fod dagrau yn ei lygaid. I ddechrau, allai e ddim siarad. Yna meddai mewn llais gwan, 'Maen nhw dy eisiau di.'

'Beth?'

'Maen nhw eisiau i ti . . .' meddai ei dad eto, 'arwyddo'r papurau.'

'Beth?' Allai Gwilym ddim credu ei glustiau. Teimlai fel pe bai ei dad yn siarad am rywun arall.

'Sôn am Yunis wyt ti?'

'Dwi ddim wedi derbyn eto, wrth gwrs,' meddai ei dad. 'Dy benderfyniad di yw e. Allwn ni feddwl am y peth. Siarad â dy fam.'

'Maen nhw eisiau *fi*?' gofynnodd Gwilym.

'*Ti*, Gwilym.'

Sylweddolodd Gwilym nawr fod ei dad o ddifri. Edrychodd draw ar reolwr Caerdydd. Edrychodd hwnnw'n syth draw ato fel pe bai'n gofyn cwestiwn.

'Cer i ddweud "diolch", wrtho fe!' meddai Gwilym. 'Nawr!'

Yr Ysgol Newydd

Roedd Gwilym wedi disgwyl gweld mwy o bobol roedd e'n eu hadnabod yn yr ysgol uwchradd. Tua deg o blant oedd i fod mynd o'i hen ysgol gynradd ond doedd e ddim wedi gweld un ohonyn nhw eto. Roedd e'n gobeithio gweld o leiaf un wyneb cyfarwydd cyn hir er mwyn lleddfu ei nerfau.

Arweiniai'r llwybr hir at brif adeilad yr ysgol heibio i'r caeau chwarae. Yno, gallai Gwilym weld fod criw o fechgyn hŷn yn cicio pêl o gwmpas y lle. Doedd e ddim wedi sylweddoli tan nawr fod cymaint o dir gan yr ysgol.

A phan gyrhaeddodd y prif adeilad ei hunan sylweddolodd fod hwnnw'n enfawr hefyd. Byddai'n rhaid iddo edrych ar ei fap er mwyn gwybod ble i fynd.

MYNEDFA 11

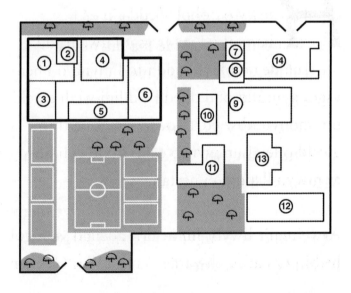

Doedd dim syniad gan Gwilym. Byddai wedi rhoi unrhyw beth am gael troi ar ei sodlau a mynd adre.

Penderfynodd ofyn am help. Doedd dim athrawon o gwmpas ond roedd dau ddisgybl hŷn – bachgen a merch – yn sefyll wrth un o'r drysau.

'Ti'n iawn?' gofynnodd y bachgen wrth i Gwilym gerdded tuag ato. Roedd e'n bymtheg oed o leiaf ac yn edrych fel petai'n sefyll yno i helpu disgyblion newydd.

'Wyt ti'n gwybod ble ma' mynedfa un ar ddeg, plis?' meddai mewn llais crynedig.

Gwenodd y ferch arno.

'Draw fan hyn,' meddai. 'A phaid poeni. Mae'n ysgol fawr ond mae pawb yn neis! Os oes angen rhagor o help arnat ti jyst dere i'n ffeindio ni. Siân ydw i a dyma Dafydd. Blwyddyn un ar ddeg.'

Gwenodd Gwilym a diolch iddyn nhw.
Yna aeth i chwilio am ei stafell ddosbarth.

'Reit 'te, blant. Tawelwch os gwelwch yn dda.'

Roedd yr athrawes oedd yn sefyll o'u
blaenau'n gymharol dal a chanddi wallt hir,
brown. Roedd hi'n iau na'r rhan fwyaf o
athrawon a chanddi wên garedig.

'Miss Lewis ydw i. Croeso i'r ysgol.
Yn y wers gynta 'ma ry'n ni'n mynd
i ddod i adnabod ein gilydd, felly dwi am
i chi siarad â'r person nesaf atoch chi a dod
i'w hadnabod nhw'n well. Yna, fe wnawn
ni ddweud hanes pawb wrth weddill y
dosbarth. Iawn?'

Ysgrifennodd Miss Lewis restr o
gwestiynau ar y bwrdd gwyn.

Dechreuodd Gwilym holi ei bartner.
Iwan oedd ei enw ac roedd e wedi treulio
ychydig o'r gwyliau haf gyda'i nain ar lan

y môr. Roedd yn hoffi pysgota a'i hoff lyfr
oedd rhywbeth gan T. Llew Jones, ond
doedd e ddim yn gallu cofio'r teitl. Roedd yn
cefnogi tîm pêl-droed Caerdydd.

Dechreuodd y bechgyn siarad am
bêl-droed a dywedodd Gwilym wrth Iwan ei
fod yn cefnogi Abertawe am ei fod yn arfer
byw yn y ddinas. Gwgodd hwnnw'n syth.
Doedd cefnogwyr Caerdydd ddim i fod i

hoffi cefnogwyr Abertawe. Penderfynodd
Gwilym ddweud wrtho am y treialon a'i fod
wedi arwyddo i chwarae i Academi Caerdydd.
Doedd e ddim wedi bwriadu dweud wrtho,
ond roedd e eisiau i Iwan ei hoffi.

'Reit. Pwy sydd eisiau mynd yn gynta?'
gofynnodd Miss Lewis, ddeg munud yn
ddiweddarach, wedi iddi lwyddo i dawelu'r
dosbarth.

Saethodd llaw Iwan i fyny i'r awyr.

'Dyma Gwilym. Mae e'n chwarae i dîm
pêl-droed Dinas Caerdydd!'

Ac o hynny ymlaen roedd Gwilym
yn iawn. Roedd ffrindiau ganddo. Roedd
pobol eisiau eistedd wrth ei ochr. A fe oedd
*y bachgen yn 7F sydd yn chwarae i'r Adar
Gleision.*

Y Boi Blêr

Y dyddiau nesaf oedd y rhai gorau i Gwilym eu profi erioed. Roedd e'n hapus. Yn hapus iawn. Bob tro roedd e'n cwrdd â rhywun, a rheini'n gofyn sut hwyl oedd e'n gael ar y pêl-droed, roedd e'n gallu dweud yr hanes.

'Dwi wedi cael lle yn Academi Caerdydd,' fyddai ei ateb.

'Beth? *Dinas* Caerdydd?'

'Ie.'

'Pam nad wyt ti wedi dweud wrth bawb?' fyddai'r cwestiwn nesaf.

'Do'n i ddim eisiau swnio fel 'mod i'n ben bach,' fyddai ateb Gwilym.

Ond bob tro y byddai *yn* dweud wrth rywun, byddai'n cael gwefr.

Trefnodd ei fam-gu a'i dad-cu barti iddo i ddathlu ei lwyddiant a daeth aelodau o'r teulu o bob man i ymuno yn y dathliadau.

Y peth gorau i ddigwydd yn y parti oedd iddo gael anrheg wedi'i lapio gan ei fam yn rhodd oddi wrth yr holl deulu: pâr o esgidiau pêl-droed *Nike T90 Laser*. Y rhai roedd e wedi gofyn a gofyn amdanyn nhw ers oesoedd.

Ond erbyn diwrnod y sesiwn ymarfer cyntaf ar y dydd Llun canlynol, roedd y nerfau wedi dod nôl i ddisodli'r hapusrwydd.

Daeth adre o'r ysgol mor gyflym ag y gallai er mwyn pacio ei fag.

Esgidiau.

Towel.

Tracwisg.

Dillad pêl-droed.

Roedd y dillad pêl-droed a gafodd gan Academi Caerdydd yn cynnwys top gyda logo Dinas Caerdydd arno. Teimlai'n rhyfedd yn rhoi'r crys hwnnw yn ei fag. Doedd e ddim wedi'i drio eto. Sut fyddai'n teimlo'n gwisgo'r bathodyn yna? Ar y naill law roedd yn hapus am y peth, wel, roedd e'n chwarae i glwb mawr wedi'r cwbwl. Ond ar y llaw arall roedd e'n teimlo'n rhyfedd gan ei fod yn dal i gefnogi Abertawe.

Stwffiodd Gwilym ei grys Abertawe i mewn i'w fag hefyd. Roedd e'n gwybod na allai ei wisgo yn yr Academi ond roedd e eisiau mynd ag e gydag e am lwc.

Tynnodd ei wisg ysgol a gwisgo'r jîns a'r crys T a wisgodd dros y penwythnos.

Daeth i lawr y grisiau yn barod i'w dad ei yrru i'r Academi.

'Nôl lan â ti, Gwilym,' meddai ei dad. 'Alli di ddim mynd i'r Academi yn gwisgo'r dillad yna. Gwisga rywbeth smartach, wir. Neith dy wisg ysgol y tro.'

'Beth?' Allai Gwilym ddim credu'r peth.

'Rhywbeth smart. Mae'n rhaid i ti wneud argraff dda.'

'Fe wna i. Ar y cae,' meddai Gwilym yn gwynfanllyd.

'Ac *oddi ar* y cae,' meddai ei dad. 'Wyt ti o ddifri am hyn?'

'Am beth?'

'Chwarae i Gaerdydd. Nid dim ond beth ti'n *ei wneud* ar y cae sy'n bwysig, ti'n gwybod. Ti'n cynrychioli'r clwb. Os wisgi di ddillad blêr dyna sut fyddi di'n cael dy weld. Fel y boi blêr.'

Ochneidiodd Gwilym ac aeth 'nôl i'w stafell wely.

Gwisgodd ei wisg ysgol eto. Roedd yn casáu pobol yn dweud wrtho beth i'w wneud. Roedd yn casáu gwisgo'i wisg ysgol. Roedd yn casáu teimlo mor grac ac mor nerfus.

Yn y car, ddwedodd Gwilym y nesaf peth i ddim. Gofynnodd ei dad ambell gwestiwn iddo am yr ysgol, ond atebion gweddol fyr gafodd gan Gwilym wrth i hwnnw syllu allan drwy'r ffenest. Wrth i'r car fynd ar hyd yr M4 roedd Gwilym yn gallu gweld pobol yn mwynhau eu hunain allan yn y parciau a'r caeau. Roedden nhw i *gyd* yn edrych yn hapus. Ond doedd *e* ddim yn hapus. Roedd ei stumog yn glymau i gyd. Ac roedd heddiw i fod yn un o ddyddiau gorau ei fywyd.

Wrth iddyn nhw agosáu at yr Academi roedd Gwilym wir eisiau siarad â'i dad.

Roedd e eisiau iddo ddweud pethau neis wrtho, i roi hwb i'w hyder, yn ôl ei arfer. Wrth droi oddi ar y draffordd mae'n rhaid fod ei dad wedi synhwyro beth oedd yn mynd trwy feddwl Gwilym.

'Dwi'n gwybod nad oeddet ti eisiau gwisgo dy wisg ysgol,' meddai ei dad. 'A dwi'n gwybod mai jîns a treinyrs oeddet ti am eu gwisgo. Ond mae'n rhaid i ti roi'r argraff gywir. Bydd yr hyfforddwyr yn edrych ar ba fath o berson wyt i yn ogystal â pha fath o chwaraewr.'

Gwgodd Gwilym. Roedd e'n gwybod fod ei dad yn iawn. Ond doedd e ddim eisiau cyfaddef hynny wrtho.

'Dwi'n nerfus,' meddai.

'Dwi'n gwybod. A fydden i ddim eisiau i ti fod fel arall.'

Gwenodd Gwilym. 'Hawdd i ti ddweud hynny.'

'Gwranda,' meddai ei dad ar ôl eiliad neu ddwy. 'Dyma dy ddiwrnod cyntaf di gyda thîm proffesiynol. Rwyt ti wedi gweithio am flynyddoedd i gyrraedd fan hyn. Ond dwi eisiau gofyn i ti wneud un peth i fi.'

Ochneidiodd Gwilym. 'Beth nawr?'

'Joia,' meddai ei dad. 'Rwyt ti'n haeddu joio. A chofia dy fod ti gystal chwaraewr ag unrhyw un sydd yma. Jyst joia. Bydda'n ti dy hunan ac fe aiff popeth yn dda.'

Partneriaid

Roedd yr Academi'n edrych yn wych. Unwaith iddyn nhw barcio'r car cafodd Gwilym gyfle i gael golwg ar y caeau chwarae. Roedden nhw'n wyrdd, wyrdd, fel pe na bai neb wedi cerdded arnyn nhw erioed. Doedd dim marciau styds a dim mwd i'w weld yn unman.

Doedd y cyfleusterau newid ddim yn edrych yn debyg o gwbwl i'r rhai ar gyfer y timoedd roedd e wedi chwarae iddyn nhw o'r blaen. Fel arfer, stafelloedd bach yng

nghefn rhyw dafarn neu gilydd neu hen
stafelloedd newid oedd yn syrthio'n ddarnau
fyddai rheini.

Syllu o'i gwmpas ar bopeth ac ar y criw
o fechgyn a'u rhieni oedd wedi ymgasglu
y tu allan i ddrws yr Academi roedd Gwilym
pan sylwodd ar Yunis.

Cododd Yunis ei law arno a daeth draw.

'Sut wyt ti?' gofynnodd Gwilym.

'Grêt,' meddai Yunis. Edrychai'n falch iawn
o weld Gwilym. 'Ges ti dy le 'te. Dwi mor falch.'

'Do. Dwi'n methu credu'r peth,' meddai Gwilym.

'Ar ôl i ti fynd, weles i'r dyn yn y got fawr eto.'

'Rheolwr y tîm cynta?'

'Ie, ond do'n i ddim wedi sylweddoli mai fe oedd e. Ma' siŵr o fod eisiau sbectol arna i!'

'Siarades di gydag e?'

'Naddo, ond fe wnaeth dad. Yna ges i gynnig cytundeb. Fel ti.'

'Ni'n mynd i fod yn grêt,' meddai Yunis. 'Ti a fi. Ni'n bartneriaid.'

Gwenodd Gwilym ac yna fe bwyntiodd at y bechgyn eraill. 'Ai chwaraewyr dan ddeuddeg yw'r rhain i gyd?'

'Dim syniad – siŵr o fod.'

Yna cofiodd Gwilym am dad Yunis. 'Ydy dy dad yma heddiw? Neu dy fam?'

'Na. Byddai Dad byth yn dod fan hyn i'r Academi,' meddai Yunis gan wenu.

'Mae'n casáu'r lle fwy fyth nawr 'mod i wedi cael fy newis.'

Chwarddodd Gwilym.

'Reit 'te, bois.' Torrodd llais uchel ar draws y siarad.

Adnabu Gwilym y llais yn syth – llais rheolwr y tîm dan ddeuddeg o'r treialon.

'Fel mae'r rhan fwyaf ohonoch chi'n gwybod, fy enw i yw Phil Richards. I'r rhai newydd ohonoch chi, dwi'n un o'r hyfforddwyr fydd yn gweithio gyda chi yma yn Academi Dinas Caerdydd. Mae tri bachgen newydd wedi ymuno â ni'r tymor hwn. Yunis draw fan'na . . .'

Amneidiodd Yunis ar y lleill.

'Dyna Gwilym, wrth ochr Yunis. A dyna Wil, wrth ochr Cai.'

Cododd Gwilym ei law i gydnabod y bechgyn eraill yna edrychodd draw at Wil.

Wil oedd y bachgen â'r tad uchel ei gloch o'r treialon.

Wrth i Phil Richards siarad edrychodd Gwilym o'i gwmpas eto. Gallai synhwyro fod y bechgen eraill – oedd wedi bod yno ers blwyddyn – yn ei bwyso a'i fesur. Teimlai'n ansicr. Teimlai fel hyn bob tro y byddai'n gwneud rhywbeth am y tro cyntaf, pan nad oedd yn adnabod unrhyw un ac yn teimlo fod pawb arall yn adnabod ei gilydd. Ond roedd e hefyd yn llawn cyffro. Fel y dywedodd ei dad, dyma'i ddiwrnod cyntaf ar lyfrau clwb pêl-droed proffesiynol. Roedd hyd yn oed credu'r fath beth yn anodd. Dyma fe – roedd e'n bêl-droediwr *go iawn*.

'Reit. Ry'n ni i gyd yn ffrindiau,' meddai Phil. 'Dwi am i chi newid a mynd ar y cae. Awn ni drwy ambell beth sylfaenol ar gyfer y tymor unwaith y byddwch chi'n barod.'

Ryan

Cerddodd Gwilym allan i'r caeau hyfforddi gydag Yunis. Roedd Cai yn dilyn y tu ôl iddyn nhw.

Aeth Gwilym ac Yunis draw i siarad â Wil, y bachgen tal, tenau.

'Ti'n iawn?' gofynnodd Gwilym.

'Helô,' atebodd Wil. 'Dwi'n eich cofio chi'ch dau o'r treialon. O'n i'n meddwl y byddech chi'n cael eich dewis.'

'Dwi'n dy gofio di hefyd,' meddai

Gwilym, 'pan ges ti wybod dy fod ti wedi cael dy ddewis.'

'Ti'n cofio Dad 'te?'

Gwenodd Gwilym. 'Ydw. Roedd e'n eitha hapus.'

'*Eitha* hapus?'

'Pam lai?' meddai Yunis. 'Mae'n rhaid ei fod e'n falch iawn ohonot ti.'

'Aeth e dros ben llestri braidd,' meddai Wil.

'Ei freuddwyd fawr e yw 'ngweld i'n chwarae i Gaerdydd. Fydd e ddim yn hapus

nes i fi godi cwpan Cynghrair y Pencampwyr.
Fel capten.'

Gwenodd Gwilym ar Yunis. Ochneidiodd
hwnnw.

Trodd Yunis o'i gwmpas ac aros i
Cai ddal i fyny. 'Wyt ti'n newydd hefyd?'
gofynnodd Yunis.

'Na, o'n i yma llynedd. A'r flwyddyn
gynt.'

'Shwt le yw e?'

'Grêt,' meddai Cai.

'Pwy yw'r capten?' gofynnodd Wil, gan
ymuno'n y sgwrs.

'Ryan,' meddai Cai. 'Fe yw'r un tal â
gwallt du wrth ochr Ben, yr un â'i sanau
wedi'u rholio i lawr. Mae Ryan wedi bod
gyda'r Academi ers ei fod yn wyth oed.
Maen nhw'n credu mai fe yw'r Aaron
Ramsey nesa. Mae e'n chwaraewr gwych
ond . . .' oedodd Cai, 'paid â'i groesi.'

Edrychodd Gwilym draw ar Ryan oedd yn cario bag mawr yn llawn peli.

Syllodd Ryan 'nôl. Doedd Gwilym ddim yn siŵr os oedd yn hoffi'r ffordd roedd Ryan yn edrych arno.

'Y bachgen arall, sydd o'u blaenau nhw,' meddai Cai, 'yw Tomas. Fe yw'r gôl-geidwad. Ymunodd e y tymor diwetha. Mae'n dod o Wlad Pwyl ac yn byw gyda'i dad. Symudon nhw i Gymru y llynedd. Mae e'n chwaraewr da iawn ond mae'n cael ambell ddiwrnod gwael.'

Ceisiodd Gwilym gofio'r enwau roedd Cai wedi'u dweud wrtho. Ryan, Ben, Tomas.

Roedd e'n hoffi Cai. Roedd e'n gyfeillgar. Ac roedd Gwilym yn falch i weld fod Cai tua'r un taldra ag e. *Ddim* yn rhy fyr i chwarae pêl-droed.

Pan gyrhaeddon nhw'r cae chwarae cyntaf daeth Phil atyn nhw. Edrychodd

Gwilym ar y caeau eraill. Roedd dau dîm
arall yn hyfforddi yno'n barod – criw o
blant hŷn a phlant tuag wyth a naw oed.
Roedd Gwilym yn gallu clywed lleisiau'r
hyfforddwyr uwch sŵn y chwaraewyr i gyd.

'Reit, fechgyn. Mae angen i bob un
ohonoch chi gymryd pêl ac fe gawn ni bum
munud o gadw'r bêl yn yr awyr, er mwyn i
bawb gael cynhesu.'

Dechreuodd Ryan dynnu peli o'r bag roedd e wedi'i gario a'u cicio at bob chwaraewr. Gwilym oedd yr olaf i gael pêl ac fe giciodd Ryan hi dros ei ben ac i mewn i'r coed gerllaw.

Cymerodd Gwilym mai damwain oedd hynny ac ymunodd yntau i chwerthin gyda Ryan a Ben – nes iddo weld y pryder yn llygaid Cai.

Crys Abertawe

Erbyn i Gwilym a Cai gyrraedd 'nôl i'r stafell newid ar ddiwedd y sesiwn ymarfer gyntaf roedd hanner y chwaraewyr wedi gadael. Roedd Gwilym wedi aros ar y cae i helpu Phil i roi'r peli 'nôl yn y bag. Fel roedd ei dad wedi dweud, roedd hi'n bwysig rhoi help llaw i bobol, ond roedd hynny'n golygu ei fod wedi colli'r cyfle i siarad â rhai o'r chwaraewyr eraill.

Wrth dynnu ei 'sgidiau cafodd sioc o weld Ryan yn sefyll wrth ochr ei fag yn dal crys Abertawe. Am funud credodd Gwilym fod Ryan cefnogi'r Elyrch hefyd ac y gallai hyn fod yn gyfle da iddyn ddod yn ffrindiau.

Yna sylweddolodd Gwilym mai ei grys e oedd gan Ryan. Roedd wedi ei gymryd allan o'i fag.

'Beth yw hwn?' holodd Ryan gan edrych ar Gwilym a Cai. Roedd Ben a dau o'r chwaraewyr eraill yn sefyll y tu ôl i'r capten hefyd.

'Crys Abertawe,' meddai Gwilym yn teimlo'n reit fach wrth ochr Ryan, oedd dipyn talach. Ond doedd Gwilym ddim yn mynd i wadu mai ei grys e oedd hwn. Roedd e'n dal i gefnogi Abertawe, ac yn falch o hynny.

'Caerdydd yw'n clwb ni, Gwil bach. Nid Abertawe. Dwi'n credu dy fod ti wedi dod i'r clwb anghywir.'

Doedd Gwilym ddim yn gwybod beth i'w ddweud. Doedd e ddim eisiau achosi trwbwl ar ei ddiwrnod cyntaf, felly cadwodd yn dawel. Roedd yn gas ganddo'r ffaith fod Ryan wedi ei alw'n Gwil bach hefyd, ond ceisiodd reoli'i dymer.

Syllodd Ryan ar Gwilym am rai eiliadau, yna taflodd y crys ar y llawr. Chwarddodd Ben a'r bechgyn eraill i gyd. Cododd Gwilym y crys a'i roi 'nôl yn ei fag.

'Ben, ti'n credu ddylen ni adael i chwaraewyr Abertawe ddod i mewn i'n stafell newid ni?' holodd Ryan.

'Na,' atebodd Ben.

'Ti'n credu bod angen i ni gadw llygad ar Gwil bach?'

'Yn bendant.'

'Bydd rhaid i ni fod yn ofalus. Dwi'n credu mai ysbïwr o Abertawe yw e.'

'Yn bendant,' meddai Ben.

Sgwn i os yw Ben yn gallu dweud unrhyw eiriau heblaw am 'na' ac 'yn bendant',

meddyliodd Gwilym, ond cadwodd ei ben
i lawr nes i Ryan a Ben adael y stafell dan
chwerthin.

'Welwn ni ti ddydd Mercher 'te, Gwil
bach,' chwarddodd Ryan wrth iddo gau'r
drws yn glep.

Doedd gan Gwilym ddim syniad pam fod
Ryan mor gas.

'Paid â phoeni am Ryan,' meddai Cai yn
y man. 'Mae e'n iawn yn y bôn.'

Gwilym a Cai oedd yr unig rai ar ôl yn
y stafell newid.

'Beth sy'n bod arno fe 'te?' holodd
Gwilym. 'Ai dim ond sôn am y crys oedd e
mewn gwirionedd?'

'Falle,' meddai Cai.

'Ma' rhwbeth arall yn bod, on'd o's e?'
holodd Gwilym.

'Mewn ffordd . . .'

'Beth? Dwi ddim yn deall.'

'Y prif beth . . .' meddai Cai . . . 'yw dy fod ti'n chwarae ar yr asgell chwith. A'r llynedd roedd Aron – ffrind gore Ryan – yn chwarae fel asgellwr chwith. Cafodd Aron ei ryddhau ddiwedd y tymor diwetha felly dyw Ryan ddim yn hapus dy fod ti wedi cymryd ei le. Ond fe neith e anghofio cyn bo hir – jyst anwybydda fe.'

'Bydd hynny'n anodd.'

'Bydd. Ond os wyt ti'n credu fod Ryan yn gas i ti, ddylet ti weld ei fam e. Wnei di ddim credu pa mor gas yw hi i Ryan. Ma' hi'n wallgo!'

Tomas

Roedd hi'n ddydd Sadwrn ac roedd Gwilym yn teimlo'n rhyfedd. Fel arfer, roedd bore Sadwrn yn golygu pedair *Weetabix* a banana wedi'i thorri i fyny i frecwast, yna cwrdd â gweddill tîm y pentref o flaen y neuadd, naill ai i chwarae gartref neu i deithio i gêm oddi cartref yn eu ceir.

Ond ddim heddiw.

Heddiw, roedd Gwilym yn gorwedd ar y soffa yn gwylio pennod o *Sgorio* roedd e wedi'i recordio. Teimlai'n rhyfedd nad oedd

e'n cael chwarae i'r tîm lleol mwyach, a doedd
e ddim yn gallu canolbwyntio o gwbwl.

Roedd ei dad yn y gegin.

Diffoddodd Gwilym y teledu a syllu ar
y wal.

Daeth ei dad i mewn yn syth. 'Beth sy'n
bod?'

'Dim.'

'Dwyt ti ddim yn gwybod beth i'w
wneud â ti dy hunan, nag wyt ti?'

'Na'dw,' cyfaddefodd Gwilym. 'Ma' hi
mor anodd. Pam na alla i chwarae i dîm y
pentre hefyd?'

'Alli di ddim,' meddai ei dad. 'Dyna'r
rheol. Gwranda, pam na wnawn ni'n dau
rywbeth gyda'n gilydd?'

'Fel beth?' wfftiodd Gwilym. Roedd yn
gobeithio fod ei dad yn meddwl am yr un
peth ag e, sef mynd i wylio Abertawe gartref.

'Beth yw'r un peth nad wyt ti byth yn

gallu'i wneud am dy fod yn chwarae bob
pnawn Sadwrn?'

Ceisiodd Gwilym guddio'i gyffro. 'Sai'n
gwybod.'

'Gwylio Abertawe?' meddai ei dad.

Trodd Gwilym ato. 'Gawn ni? Plis?
Gawn ni?'

'Dere 'te. Awn ni'n gynnar. Mae'r gêm yn
dechrau am hanner dydd.'

Cyn i'w dad orffen ei frawddeg, roedd
Gwilym ar ras i fyny'r grisiau.

Roedd Stadiwm Liberty'n brysur: roedd rhesi hir o bobol yn ciwio y tu allan i'r stondinau bwyd a siop y clwb, a chriwiau teledu wedi parcio'u faniau yn un o'r prif feysydd parcio a'u soseri lloeren enfawr yn wynebu'r awyr.

Unwaith i'w dad gasglu'r tocynnau roedd yn rhaid iddyn nhw gerdded o gwmpas y stadiwm dair gwaith yn erbyn y cloc. Byddai ei dad wastad yn gwneud hynny, am lwc. Roedd yn rhaid iddyn nhw wedyn frwydro trwy dorfeydd mawr oedd yn dod i'w cwrdd.

Pan oedden nhw hanner ffordd o gwmpas, dyma nhw'n dod wyneb yn wyneb â Tomas a'i dad. Gwenodd y bechgyn ar ei gilydd.

'Sai'n credu hyn,' meddai Gwilym. 'Ti'n ffan Abertawe hefyd?'

'Ydw. A Dad. Dyna pam symudon ni yma o Lundain. Roedd e eisiau gallu gwylio'r Elyrch yn chwarae.

'Ydy Ryan yn gwybod?'

Tynnodd Tomas wyneb. 'Ydy e wedi bod yn gas i ti?'

'Gafodd e afael yn 'y nghrys Abertawe i.'

'O na,' meddai Tomas. 'Dyw e heb ddod o hyd i f'un i eto.'

Chwarddodd Gwilym a Tomas. Sylwodd Gwilym fod ei dad yn siarad â thad Tomas.

'Sut un yw Ryan yn y bôn?' gofynnodd Gwilym i Tomas. 'Ti 'di bod gyda Chaerdydd ers tipyn on'd wyt ti?'

'Ers y llynedd,' meddai Tomas. 'Dyw Ryan byth yn hapus. Mae e wastad eisiau pigo ar rywun. Mae e'n union fel ei fam.'

'Ydy hi *wir* mor wael â hynny? Soniodd Cai amdani.'

'Mae hi'n *ofnadwy*. A'r gwaetha mae hi, y gwaetha yw Ryan.'

'Beth ti'n feddwl?'

'Os yw hi'n rhoi pwysau arno fe, mae e'n pigo ar rywun arall.'

Grêt,' meddai Gwilym.

'Ond ddoi di i'w hoffi e. Os fydd chwaraewr o dîm arall yn neud tro gwael â ti, bydd e 'na i ti.'

Gwenodd Gwilym. O leiaf roedd hynny'n newyddion da.

Roedd sŵn canu'n dechrau dod o ochr cefnogwyr Abertawe o'r stadiwm.

'Ble wyt ti'n eistedd?' gofynnodd Tomas.

'Y pen arall. Dim ond heddi gawson ni docynnau.'

Gwelson nhw fod y ddau dad yn ysgwyd llaw a gwenodd Gwilym a Tomas ar ei gilydd.

'Wela i di nos Lun,' meddai Gwilym.

'Ie, wela i di, a paid â dweud wrth Ryan amdana i ac Abertawe. Mae e'n pigo arna i'n barod am nad ydw i'n cefnogi Cymru!'

Enwogrwydd

Roedd yr hyfforddi gyda Chaerdydd yn mynd yn dda. Roedd yr ysgol hefyd yn mynd yn dda.

A dweud y gwir, roedd yr ysgol yn grêt. Ers misoedd, roedd Gwilym wedi clywed cymaint o sôn am ba mor anodd oedd dechrau yn yr ysgol uwchradd gan y byddai'r ysgol a'r plant eraill gymaint yn fwy nag e. Ac roedd hynny'n ddigon gwir. Roedd yr ysgol yn fwy ac roedd y plant yn fwy *fyth*, ond ers i'r gair ledu fod Gwilym yn chwarae pêl-droed i Gaerdydd, roedd yn cael ei drin fel arwr.

Bron nad oedd hanner yr ysgol fel petaen nhw'n gwybod ei enw ac yn dweud helô wrtho yn y coridorau. Roedd y bechgyn eraill yn gofyn iddo pa chwaraewyr eraill o Gaerdydd roedd e'n eu hadnabod ac roedd hyd yn oed rhai o'r athrawon yn ei drin yn wahanol.

Un bore, daeth pedwar disgybl o flwyddyn naw ato. Dwy ferch a dau fachgen.

'Ai ti yw Gwilym Edwards?' gofynnodd un o'r merched.

'Falle.'

Roedd Gwilym yn amheus ohonyn nhw. Roedd merched oedd yn dod i siarad ag e – yn enwedig merched hŷn – fel arfer yn barod i greu trwbwl. Roedd y ddwy yma'n dalach nag e ac roedd ganddyn nhw wallt hir, syth. Roedd un ohonyn nhw'n gwisgo colur ar ei llygaid. Gwallt byr oedd gan y bechgyn ac roedd un yn dalach na'r llall.

'Wyt ti'n chwarae i Gaerdydd 'te? gofynnodd y bachgen talaf o'r ddau.

'Falle.'

'Wyt ti'n gallu dweud unrhyw beth heblaw am "Falle"?' Y ferch oedd yn siarad eto.

'Na'dw,' meddai Gwilym.

Chwarddodd y ddwy ferch, yna meddai un ohonyn nhw, 'Ti'n ddoniol.'

Doedd Gwilym ddim yn gwybod beth i'w ddweud nesaf.

Yr un peth oedd yn rhaid iddo gyfaddef am yr ysgol uwchradd oedd ei fod yn gweld siarad â disgyblion eraill yn anodd. Roedd hi'n haws yn ei hen ysgol pan oedd *e*'n un o'r hynaf.

'Felly, wyt ti'n gyfoethog?' gofynnodd y ferch heb golur.

'Na'dw.'

'Wedodd Llŷr Lewis, blwyddyn wyth, dy fod ti wedi cael can mil o bunnoedd pan arwyddest di i Gaerdydd,' meddai'r bachgen tal.

Ceisiodd Gwilym beidio â gwenu.

Nid dyma'r tro cyntaf iddo glywed hyn. Ar y dechrau, roedd wedi gwadu'r peth, ond wrth i'r si ledu, fe flinodd ddweud yr un peth drosodd a throsodd a phenderfynu gadael i bobol ddyfalu.

'Dwi ddim yn cael dweud,' meddai Gwilym.

'Felly, ti'n gyfoethog iawn, iawn 'te?' meddai'r ferch â'r colur.

Gwenodd Gwilym yn ddifater.

Teimlai'n ddigon rhyfedd yn siarad â disgyblion blwyddyn naw fel hyn.

'Wyt ti'n nabod Ifan Phillips?' gofynnodd y bachgen byrach.

Roedd Ifan Phillips yn chwarae i dîm cyntaf Caerdydd ac i dîm dan un ar hugain Cymru.

Roedd Gwilym eisiau dweud ei fod e, a bod Ifan Phillips yn un o'i ffrindiau gorau. Ond roedd rhywbeth yn ei rwystro rhag gwneud.

'Dwi ddim wedi'i weld e,' meddai Gwilym.

'Ac os oes rhaid i chi gael gwybod, ges i ddim ceiniog gan Gaerdydd. D'yn nhw ddim yn cael fy nhalu i nes 'mod i'n un ar bymtheg.'

Ochneidiodd y ddwy ferch a dechrau cerdded i ffwrdd.

'Wyt ti'n cael dy noddi gan un o'r cwmnïau mawr 'te?' gofynnodd y bachgen talaf.

Doedd Gwilym ddim hyd yn oed yn siŵr beth oedd hynny'n ei feddwl. Ysgydwodd ei ben a cherdded i'r wers fathemateg.

Abertawe neu Gaerdydd

Hon oedd pedwaredd sesiwn ymarfer y tymor. Roedd Gwilym yn adnabod y chwaraewyr eraill erbyn hyn ac yn teimlo'n rhan o'r garfan.

Roedd wedi bod yn poeni ychydig am ymuno â thîm lle roedd deuddeg neu bymtheg o'r bois wedi chwarae gyda'i gilydd y tymor cynt. Roedd yn arbennig o anesmwyth o gwmpas Ryan. Ond roedd pethau'n gwella erbyn hyn – yn enwedig gan ei fod wedi dod yn ffrind mor dda i Yunis.

Heddiw, yn wahanol i'r arfer, Gwilym oedd yr olaf i newid. Roedd wedi cyrraedd ychydig yn hwyr am iddo gael ei ddal yn y traffig wrth ddod mewn i Gaerdydd. Roedd pawb arall allan yn ymarfer erbyn iddo gyrraedd. Brysiodd Gwilym gan stwffio'i ddillad i mewn i'w fag a chwilio am ei shin-pads.

Yn sydyn, clywodd sŵn styds yn dod ar draws y concrit y tu allan i'r stafell newid. Daeth Ryan i mewn, ychydig allan o wynt, ond yn gwenu.

'Ni'n chwarae gêm go iawn heddi,' meddai.

'Grêt,' meddai Gwilym, yn hapus fod Ryan yn siarad ag e. Bron mor hapus ag oedd e am y ffaith eu bod nhw'n chwarae gêm yn hytrach nag yn gwneud ymarferion.

Roedd Ryan yn gwisgo'i grys Caerdydd. Pwyntiodd at grys Gwilym.

'Bydd hanner ohonon ni'n gwisgo crysau Caerdydd ar gyfer y gêm a hanner yn gwisgo crysau Abertawe. Ydy dy grys Abertawe di gyda ti? Ddwedodd Phil wrtha i am ofyn i ti wisgo hwnnw.'

Gwenodd Gwilym. 'Mae e fan hyn,' atebodd.

Tynnodd ei grys Abertawe allan o'i fag.

Gwenodd Ryan ac aeth 'nôl allan.

'Wela i di yna. Ddwedodd Phil y byddwn ni'n dechrau mewn dwy funud. Weda i y byddi di'n barod mewn eiliad.'

'Diolch,' meddai Gwilym gan glymu'i lasys. Teimlai'n dda ar ôl ei sgwrs â Ryan. Roedd pethau'n amlwg yn gwella rhyngddyn nhw.

Teimlai'n rhyfedd yn gwisgo'i grys Abertawe ar ôl gwisgo crys Caerdydd am y pythefnos diwethaf. Teimlad rhyfedd, ond teimlad da hefyd. Roedd yn dal i gefnogi Abertawe wedi'r cwbwl, pwy bynnag oedd e'n chwarae iddyn nhw.

Dim ond ar ôl cyrraedd y cae y sylweddolodd Gwilym fod hanner y chwaraewyr yn gwisgo crysau Caerdydd a'r hanner arall yn gwisgo festiau oren dros eu crysau. Doedd neb yn gwisgo crys Abertawe.

Neb ond Gwilym.

Roedd Ryan wedi'i dwyllo. Ac roedd pawb yn edrych arno.

Clywodd rywun yn bwio. Un llais. Yna fe ymunodd llais arall. Yna un arall. Yn sydyn, roedd hanner y bechgyn yn gweiddi 'bww.'

Doedd Gwilym ddim yn gwybod beth i'w wneud. Petai wedi bod yn yr ysgol – neu yn chwarae gyda'i ffrindiau – byddai'n teimlo'n falch o wisgo crys Abertawe. Ond roedd hyn yn wahanol. Doedd e ddim yn gwybod os oedd yn cael dangos ei fod yn cefnogi Abertawe er ei fod yn chwarae i Gaerdydd.

Yna clywodd lais Phil.

'EDWARDS!'

Trodd Gwilym i wynebu'r hyfforddwr ddweud gair.

'Beth yw *hwnna*?'

'Beth?'

'Y crys 'na ti'n gwisgo?'

'Crys . . . ym . . . crys Abertawe . . .'

Roedd e ar fin dweud mai Ryan ddywedodd wrtho am wisgo'r crys, ond penderfynodd beidio. Dim ond achosi mwy o drwbwl fyddai sôn am hynny.

'Tynna fe, nawr,' meddai Phil.

Ufuddhaodd Gwilym yn syth.

Cipiodd Ryan y crys o'i ddwylo cyn i Gwilym allu gwneud dim. 'Wna i ei roi e yn y bin, Phil?'

'Rho fe 'nôl i Gwilym,' meddai Phil mewn llais tawelach.

Cymerodd Gwilym y crys 'nôl oddi wrth Ryan gan anwybyddu'r olwg gïaidd yn llygaid ei gapten.

'Rho fe ar ochr y cae a gwisga un o'r rhain.'

Taflodd Phil fest oren lachar ato. Yna aeth yn ei flaen fel petai dim wedi digwydd.

'Reit 'te, bois. Ymosod yn erbyn amddiffyn. Caerdydd sy'n amddiffyn. Y gweddill ohonoch chi – yn cynnwys Gwilym – sy'n ymosod. Mae ein gêm gynta ni yn Lerpwl ddydd Sul. Ry'n ni wedi gweithio dipyn ar dechneg. Ond nawr yw'r amser i dynnu popeth at ei gilydd.

Lerpwl yn erbyn Caerdydd

Doedd gêm gyntaf Gwilym dros Gaerdydd ddim yn mynd yn dda. Roedd e wedi bod yn breuddwydio am gael chwarae am y tro cyntaf – am guro'r amddiffynwyr drosodd a throsodd, pasio peli at Yunis a sgorio llwyth o goliau a fyddai'n cael eu cofio am flynyddoedd i ddod pan fyddai'n chwarae i brif dîm y clwb.

Gwahanol iawn oedd pethau mewn gwirionedd. Roedd Lerpwl yn feistri corn

ar yr Adar Gleision o'r dechrau. Roedd eu
dau brif sgoriwr yn gallu troi amddiffynwyr
Caerdydd o gwmpas eu bys bach. Ac roedd
eu hamddiffyn fel wal frics gwbwl gadarn.

Erbyn hanner amser roedd Lerpwl yn
ennill, dwy i ddim, a doedd Gwilym braidd
wedi gweld y bêl.

Dim ond i Ben, ar yr ochr dde, roedd
Ryan – oedd wastad yn dechrau pob
symudiad – yn pasio'r bêl. Doedd e heb hyd
yn oed edrych ar Gwilym.

Roedd angen dechrau da i'r ail hanner ar yr Adar Gleision ond nid felly y digwyddodd pethau. O fewn dwy funud yn unig, dyma nhw'n ildio gôl arall. A bron yn syth wedi hynny, trodd y ddwy yn dair wedi gwrthymosodiad chwim gan ddau o sêr Lerpwl. Ceisiodd James daclo un ohonyn nhw ond roedd yn rhy araf. Ac wrth i Ryan geisio'u hatal ar yr eiliad olaf, cafodd hergwd oddi ar y bêl a doedd gan Tomas ddim gobaith i atal y drydedd gôl.

Tair i ddim. Erchyll.

Ond roedd honna'n dacl deg, meddyliodd Gwilym, er gwaethaf cwyno Ryan. *Mae cystadlu am y bêl ysgwydd yn ysgwydd yn gyfreithlon.* Roedd e'n gwybod hynny ar ôl i'r un peth ddigwydd iddo yn ystod y treialon. Ac roedd e'n gallu dweud fod hyd yn oed Phil yn cytuno â dyfarnwr i beidio â chosbi.

Ond doedd mam Ryan *ddim* yn cytuno.

Roedd Gwilym wedi clywed am fam Ryan ond roedd yr hyn wnaeth hi nesaf yn dal yn sioc.

'Tacl frwnt. Tacl frwnt!' gwaeddodd gan redeg at ochr y cae. 'Dy'ch chi ddim yn gwybod y rheolau, reff?'

Syllodd y dyfarnwr arni am eiliad ac yna ar Phil.

Gwaethygu wnaeth pethau wedyn. Cafodd mam Ryan ei harwain oddi ar y cae gan riant arall, ond dihangodd o'i afael a rhedeg yn ôl at yr ystlys. 'Dim gôl! Dim gôl! Mae Ryan ni wedi cael cam!'

Roedd y dyfarnwr wedi'i ddychryn. Doedd e erioed wedi gweld unrhyw beth tebyg o'r blaen. Edrychodd draw at Phil eto gan gymryd anadl ddofn. Gan fod Gwilym yn sefyll wrth ochr y dyfarnwr, fe glywodd bob gair.

'Ewch â'r fenyw 'na oddi ar y cae *nawr* –
neu bydd raid i fi ddod â'r gêm yma i ben
a'ch reportio chi i'r awdurdodau.'

Aeth Phil at fam Ryan, cydio yn ei braich
a'i harwain oddi ar y cae, gan roi pryd o
dafod iddi mewn llais cadarn, tawel.

Yna edrychodd Gwilym ar Ryan. Roedd
ei ben yn ei blu a'i wyneb yn goch.

Rywsut, edrychai'n fyrach ac yn llai o
fwli nawr. Edrychai'n iau hefyd.

A ddylwn i fynd draw at Ryan?

meddyliodd Gwilym am eiliad. Ond diflannodd y syniad hwnnw o'i feddwl yn go sydyn wrth iddo sylweddoli na fyddai hynny'n beth doeth. Doedd e ddim yn credu y byddai Ryan yn gwerthfawrogi ei gydymdeimlad.

Chwiliodd Gwilym am ei dad ond doedd dim sôn amdano. *Rhaid ei fod e wedi mynd i'r tŷ bach*, meddyliodd eto.

Ailddechreuodd y dyfarnwr y gêm. Tair gôl i ddim ac ymhen dim roedd hi'n bedair.

Lawr y Chwith

*T*ua diwedd y gêm, glaniodd y bêl wrth draed Gwilym wedi pas fach dwt gan James, yr amddiffynnwr canol cae arall. Roedd hwnnw wedi dechrau cael mwy o afael ar y gêm ers iddo ddechrau pasio llai at Ryan.

Aeth Gwilym â'r bêl heibio i amddiffynnwr Lerpwl heb fawr o drafferth a rhedodd i mewn i'r gwagle o'i flaen. Cyflymodd ei gam gan guro'r amddiffynnwr nesaf yn eithaf rhwydd hefyd.

Rhedodd nerth ei draed. O'r diwedd dyma gyfle gwirioneddol iddo brofi'i hunan.

Wrth i amddiffynnwr arall ddod amdano, edrychodd Gwilym i fyny a gweld Cai ar yr ochr dde iddo. Pasiodd y bêl ato ac fe giciodd hwnnw hi heibio'i wrthwynebydd, yn ôl i lwybr Gwilym. Rheolodd y bêl yn berffaith gan godi'i ben er mwyn asesu ei opsiynau. Roedd Yunis ar y postyn agosaf a Ben ar y postyn pellaf.

Anelodd Gwilym y bêl yn isel a chaled at Yunis.

Cafodd Yunis afael yn y bêl, trodd a'i chicio i'r rhwyd.

Gôl! Y gyntaf o'r tymor.

Ond doedd yna ddim gweiddi a dathlu mawr.

Rhedodd Yunis draw i ysgwyd llaw Gwilym. A dyna i gyd.

Doedd dim llawer i'w ddathlu.

Lerpwl 4 Caerdydd 1.

'Doedd dim llawer o siâp ar neb – pawb yn edrych fel pe bai chi heb gwrdd â'ch gilydd erioed o'r blaen, heb sôn am ymarfer gyda'ch gilydd,' meddai Phil yn dawel o siomedig. Wnaeth e ddim sôn am fam Ryan, a doedd Gwilym ddim yn disgwyl iddo wneud gan fod Phil wastad yn trafod unrhyw fater o bwys gyda'r rhieni yn ei swyddfa, ymhell o glyw'r bechgyn.

'O'n ni'n iawn, oni bai am Tomas,' gwaeddodd Ryan gan syllu ar gôl-geidwad y tîm. Roedd Ryan yn dal yn goch yn ei wyneb oherwydd yr hyn wnaeth ei fam. Oedd e'n grac, neu ai cywilydd oedd arno? Doedd Gwilym ddim yn siŵr.

'Peidiwch â beio Tomas,' meddai Phil. 'Mae amddiffyn yn gyfrifoldeb ar bawb. Byddai pethau'n waeth o lawer hebddo.'

Edrychodd Tomas ar y llawr yn drist, ei gorff tal, tenau wedi crymu. Ceisiodd

Gwilym ddal ei lygad i ddangos ei fod ar ei ochr, ond edrychodd Tomas ddim i fyny.

'Mae angen i ni amrywio pethau,' meddai Phil. 'Aeth y bêl i lawr y dde at Ben bob tro. Doedd braidd dim yn mynd i lawr y chwith.'

Edrychodd Gwilym ddim ar Ryan ond roedd e'n falch fod Phil wedi dweud hynny.

'Ry'ch chi'n dîm, Ryan,' meddai Phil. Dwi eisiau gweld Gwilym yn cael mwy o'r bêl. Mae Gwilym ac Yunis yn deall ei gilydd. Dwi eisiau iddyn nhw fod yn fwy o ran o bethau y tro nesa.'

'Iawn, Phil,' meddai Ryan gan syllu ar y drws.

'Mae'n rhaid i ni ddysgu o'r profiad yma,' meddai Phil. 'Fe wnawn ni'n well yn y gêm nesa. Iawn?'

Ryan, Ben, Tomas a Gwilym oedd y rhai olaf i adael y stafell newid. Roedd Gwilym yn disgwyl i Ryan bigo arno ar ôl i Phil ei feirniadu. Ond penderfynu pigo ar Tomas wnaeth Ryan.

'Beth oedd yn bod arnat ti heddi, Tomas?' wfftiodd Ryan.

'Ro'dd hi'n anodd,' meddai Tomas yn bwyllog. 'Do'dd ein hamddiffyn ni ddim yn ddigon da.'

'*Ti* sy fod trefnu'r amddiffyn,' meddai'r capten eto, 'felly dy fai di yw e.'

'Ond ma'r amddiffynwyr fod i 'ngwarchod i hefyd,' meddai Tomas gan ddal ei dir.

Cododd Gwilym ar ei draed, ond eisteddodd eto wrth i Ryan rythu arno.

'Rwtsh!' meddai Ben. 'Ti'n trio dweud

bod dim amddiffynwyr o dy flaen di. Ond roedd 'na bedwar ohonom ni!'

Doedd gan Tomas ddim amynedd i ddadlau mwy, felly aeth allan o'r stafell.

Roedd Gwilym eisiau mynd ar ei ôl. Teimlai'n wael nad oedd wedi cefnogi ei ffrind newydd.

'Mae Mam yn dweud na ddylai tad Tomas fod yn y wlad 'ma yn y lle cynta,' chwyrnodd Ryan. 'Y Pwyliaid sy'n dwyn ein swyddi ni.'

'Digon gwir,' cytunodd Ben.

Doedd Gwilym ddim yn gwybod ble i edrych.

'Ti'n cytuno?' meddai Ryan. 'Gwilym?'

'Beth?'

'Na ddylai Tomas fod yn y tîm. Mae'n chwaraewr ofnadwy. Ac mae e'n dod o dramor.'

Heb ddweud gair, amneidiodd Gwilym mewn cytundeb – am ei fod yn ofni peidio. Teimlai'n ofnadwy yn syth.

Dydd Sul 25 Medi

Lerpwl 4 Caerdydd 1
Goliau: Yunis
Cardiau melyn: Connor, James

Marciau allan o ddeg i bob chwaraewr gan reolwr y tîm dan ddeuddeg:

Tomas	5
Connor	5
James	6
Ryan	6
Ronan	6
Cai	6
Sam	5
Wil	6
Gwilym	6
Yunis	7
Ben	6

Aron

'Nes di beth da ar ddiwedd y gêm gydag Yunis,' meddai tad Gwilym. Gyrru adre o Lerpwl oedden nhw.

Ddywedodd Gwilym ddim gair wrth ei dad. Doedd e ddim yn teimlo fel siarad. Doedd e ddim hyd yn oed wedi sôn wrtho am fam Ryan.

'Felly sut wyt ti'n teimlo ar ôl dy gêm gynta?'

'Gollon ni'n rhacs, Dad.'

'Ond fe wnes *di*'n dda pan gest di'r bêl.'

'Ond doedd yr amddiffynnwr ddim yn pasio'r bêl rhyw lawer, nago'dd?'

Oedodd ei dad. 'Pam?'

'Sai'n gwbod.'

Meddyliodd ei dad eto. Yna meddai.
'Ti'n dod mlaen yn dda gyda'r boi 'na
sgoriodd. Shwt un yw e?'

'Mae e'n grêt. Oedd e yn y treialon. Ti'n
cofio?'

'Ydw. Ro'dd e'n un cyflym,' meddai ei
dad. 'Ydy e'n ffrind i ti?'

'Mewn ffordd,' meddai Gwilym. 'Dyw ei dad e byth yn dod i'w wylio'n chwarae.'

'Beth am y lleill?' holodd ei dad.

'Dwi ddim yn eu nabod nhw'n dda iawn eto.'

'Tomas. Y bachgen gwrddon ni yn Abertawe. Ydy e'n oce?'

Teimlodd Gwilym ias o gywilydd. 'Wnes i ddim wir siarad ag e heddi. Adawodd e'n syth ar ôl y gêm.'

'Weles i fe,' meddai ei dad.

'Oedd e'n iawn?' meddai Gwilym ychydig yn rhy gyflym.

'Tomas? Falle ddim. Ro'dd e'n edrych braidd yn grac yn dod allan o'r stafelloedd newid. Ro'n i'n siarad â'i dad. Mae'n siŵr ei fod yn siomedig am ildio pedair gôl.'

'O'dd un o'r bois . . .' dechreuodd Gwilym.

'Ie?'

Arhosodd Gwilym cyn dweud mwy.

Roedd e am ddweud wrth ei dad am Ryan. Ond sut?

'Oedd un o'r bois yn pigo ar Tomas,' meddai Gwilym. 'Yn dweud pethau.'

'Fel beth?'

'Ti'n gwbod.'

'Na,' meddai ei dad. 'Do'n i ddim yno.'

'Sdim ots,' meddai Gwilym.

'Dere, Gwilym.'

'O'n nhw'n dweud nad o'dd e'n perthyn yma. Am ei fod e'n dod o wlad Pwyl.'

Gwgodd ei dad heb ddweud dim.

'Sdim ots,' meddai Gwilym, yn poeni y byddai'i dad yn codi'r peth gyda Phil. 'Wnaeth y tîm ddim chwarae'n dda heddiw. Dyma'r tro cynta i ni chwarae gyda'n gilydd. Dyna i gyd.'

'Beth yw enw'r amddiffynnwr 'na?'

'Pa un?' Roedd Gwilym yn synnu fod ei dad wedi sylwi ar Ryan yn syth.

'Ti'n gwybod pa un.'

Ddywedodd Gwilym ddim byd am eiliad
cyn cyfaddef. 'Ryan.'

'Ai fe yw e?' Arhosodd i Gwilym siarad.

'Ie,' meddai Gwilym.

'Ac ydy e'n pigo arna ti hefyd?'

Cadwodd Gwilym yn dawel am funud
neu ddwy. Yna roedd rhaid iddo siarad.

'Ffrind gorau Ryan oedd ar yr asgell
chwith y llynedd. Aron. Ond cafodd ei
ryddhau ar ddiwedd y tymor. Ddwedodd Cai

wrtha i. A dyna pam dyw Ryan ddim yn fy hoffi i. Mae e eisiau gwneud i fi edrych yn wael ar y cae fel y gall e gael ei ffrind 'nôl yn y tîm. Ond plis, paid dweud dim . . .' ychwanegodd, 'amdana i na Tomas.'

Canolbwyntio ar ei yrru wnaeth ei dad am dipyn. 'Wyt ti eisiau i fi gael gair â Phil?' meddai.

'Pwysodd Gwilym ymlaen yn gyflym. 'Na, plis, paid.'

'Iawn,' meddai ei dad. 'Ond os ddigwyddith e eto, 'nei di ddweud wrtha i? Wna i ddim gwneud unrhyw beth, ond dwi eisiau gwybod.'

Ddywedodd Gwilym na'i dad ddim gair arall weddill y daith adref. Roedd Gwilym wedi breuddwydio am gyrraedd adref yn fuddugoliaethus a dweud wrth ei fam eu bod wedi ennill a'i fod e wedi chwarae'n dda.

Roedd Gwilym yn teimlo'n ddigalon.
Ond ddim mor ddigalon ag y byddai wedi
teimlo pe bai wedi gorfod teithio adref
ar ei ben ei hunan, meddyliodd Gwilym.
Fel Yunis.

Syllodd Gwilym allan drwy'r ffenest.
Yna trodd at ei dad.

'Diolch am ddod gyda fi, Dad,' meddai.
'Ac am fynd â fi i ymarfer bob wythnos.'

'Dim problem.'

'Dad?'

'Ie.'

'Tad Tomas . . .'

'Ie. Beth amdano?'

'Beth yw ei waith e?'

'Doctor yn yr ysbyty. Doctor da hefyd:
mae sôn amdano yn y papurau newydd
o hyd. Pam?'

'Dim,' meddai Gwilym. 'Jyst gofyn.'

Caerdydd yn erbyn Arsenal

Roedd yr ail gêm ychydig yn well na'r gyntaf.

Roedd Caerdydd yn chwarae gyda mwy o ddyfnder na'r wythnos gynt. Dysgodd Phil nhw i warchod yr amddiffynwyr fel nad oedden nhw'n cael eu gadael ar eu pennau eu hunain, ac fe dalodd hynny ar ei ganfed.

Ond roedd Gwilym yn dal i deimlo allan ohoni am gyfnodau hir a phan fyddai'n mynd am y bêl roedd fel petai'n camsefyll bob tro. Byddai'n symud ymlaen i ymosod – a byddai lluman y dyfarnwr cynorthwyol yn codi. Bob tro. Dyna beth oedd rhwystredig. Allai Gwilym ddim cofio cael ei ddal yn camsefyll *erioed* o'r blaen ond roedd gan y tîm arall fwy o ddiddordeb mewn rhwystro Caerdydd trwy chwarae'r trap camsefyll na thrwy chwarae'n greadigol eu hunain.

Ond o leiaf doedd tad Gwilym ddim yn rhoi pwysau arno. Roedd mam Ryan 'nôl yn gweiddi – gweiddi ar Ryan y tro hwn, nid ar y dyfarnwr.

'Ryan . . . siapa hi, grwt . . . cer ar ei ôl e . . . beth sy'n bod arnat ti?'

Roedd Ryan yn mynd yn fwy ac yn fwy crac ar y cae gan ruthro mewn i daclo, cicio'r bêl i fyny'r cae'n ddigyfeiriad – yn gwbwl groes i'r hyn roedd Phil wedi eu dysgu nhw i'w wneud.

Yna clywodd Gwilym lais Phil yn gweiddi arno. 'Gwilym – chwaraea ar ysgwydd y dyn olaf.'

Felly ceisiodd Gwilym ei orau glas i beidio â chamsefyll.

Eiliadau'n ddiweddarach, roedd Ryan yn gweiddi'r un peth. 'Chwaraea ar ysgwydd y dyn olaf.'

Ac roedd Gwilym wir yn trio'i orau. Ond am ryw reswm, roedd y bêl nawr yn mynd bob tro at draed amddiffynnwr olaf Arsenal, yn hytrach nag ato fe.

Mae hyn yn wallgo, meddyliodd
Gwilym. Beth bynnag roedd e'n trio'i wneud,
doedd e ddim yn cael unrhyw hwyl arni.
Roedd ei stumog yn glymau i gyd a daeth
sŵn y chwiban olaf fel ryddhad iddo.

Ond gwaethygu wnaeth pethau wedyn.

'Gêm wael, bois,' meddai Phil. Roedd ei lais
ychydig yn galetach na'r tro diwethaf.

Roedd Caerdydd wedi colli o ddwy gôl i un.

'Beth am fynd drwy'r gêm fesul chwaraewr
a thrio cael trefn ar bethau.' Siaradodd yr
hyfforddwr am bob chwaraewr gan ddechrau
gyda Tomas yn y gôl ac yna'r amddiffynwyr.
Siaradodd dipyn am Ryan. Roedd angen
iddo basio'r bêl at Gwilym yn amlach gan
ddefnyddio ochr chwith y cae yn ogystal â'r dde.

O'r diwedd daeth at Gwilym.

'A Gwilym. Mae eisiau i ni weithio ar
y camsefyll, on'd does e?'

'Sori, Phil,' meddai Gwilym 'Do'n i jyst ddim yn gallu mynd heibio'r ochor dde iddo.'

'Wel, allwn ni ymarfer hynny. Ti'n redwr cyflym, ond mae angen i ti amseru pethau'n well. Wnes di hynny yn y treialon – amseru pethau'n berffaith. Beth am i ni gael sgwrs fory. Ydy dy dad yn dod â ti?'

Nodiodd Gwilym ei ben.

'Reit, wnawn ni drafod pethau bryd hynny 'te.'

Dechreuodd Gwilym deimlo fel pe bai ei fyd wedi chwalu. Pam oedd Phil eisiau siarad â'i dad? Gwilym oedd yn chwarae i'r tîm, nid ei dad. Oedd Phil yn mynd i'w ryddhau o'r garfan, tybed?

Casglodd pawb eu bagiau ar ôl i Phil orffen siarad. Daeth Ryan a Ben draw at Gwilym pan oedd ar ei ben ei hunan. Roedd Gwilym yn rhagweld trwbwl yn syth. 'Wyt *ti*'n dod o Wlad Pwyl hefyd?' gofynnodd Ryan.

Chwerthin wnaeth Ben.

Ddywedodd Gwilym ddim gair.

Roedd e'n ymwybodol fod Tomas y tu ôl iddo'n gwrando. Doedd e ddim am i Ryan ddweud rhywbeth am bobl o Wlad Pwyl a'i orfodi i gytuno gydag e eto. Dylai fod wedi cadw ochr Tomas y tro diwethaf i Ryan fod yn gas.

'Wnes di chwarae fel tase ti ddim yn deall gair ro'n i'n ddweud,' meddai Ryan.

'Camsefyll. Sawl gwaith sydd rhaid i ti glywed y gair cyn i ti ddeall?'

Daliodd Gwilym ei dafod eto. Syllodd ar Ryan ac yna ar Ben. Roedd e am iddyn nhw wybod nad oedd e'n credu'u bod nhw'n ddoniol ac nad oedd yn cytuno gair â nhw. Ddim o gwbwl.

Ddeg munud yn ddiweddarach gadawodd Gwilym y stafell newid. Roedd Ryan y tu allan ar ei ffôn symudol, yn gwenu.

'Aron,' meddai gan siarad yn uchel i mewn i'r ffôn.

'Newyddion da,' gwenodd Ryan. 'Aros funud . . . mae rhywun yn gwrando.' Syllodd Ryan ar Gwilym a gwenu eto, cyn diflannu i gefn y stafell newid.

Dechreuodd Gwilym deimlo hyd yn oed yn fwy siŵr fyth ei fod yn mynd i gael ei daflu allan o'r tîm.

Dydd Sul 2 Hydref
Caerdydd 1 Arsenal 2

Goliau: Yunis
Cardiau melyn: Connor, James

Marciau allan o ddeg i bob chwaraewr gan reolwr y tîm dan ddeuddeg:

Tomas	6
Connor	6
James	7
Ryan	5
Ronan	6
Cai	7
Sam	6
Wil	6
Gwilym	5
Yunis	7
Ben	6

Tad Yunis

'Ti'n iawn, Gwilym?'

Cerdded drwy'r maes parcio roedd Gwilym pan ddaeth Yunis i fyny y tu ôl iddo. Roedd ei dad wedi gorfod gadel yn syth ar ôl y gêm, felly, yn wahanol i'r arfer, roedd yn rhaid i Gwilym fynd adre ar ei ben ei hunan ar y bws.

'Na,' meddai Gwilym. 'Ro'n i'n ofnadwy heddiw. Dwi ddim yn gwybod beth sy'n bod arna i.' Roedd Gwilym yn ystyried dweud wrth Yunis gymaint roedd e'n poeni y byddai'n colli ei le yn yr Academi.

'Ro'n ni i *gyd* yn ofnadwy,' meddai Yunis.

'Doeddet *ti* ddim. Wnes ti sgorio. A wnes ti ddim camsefyll unwaith. Fe wnes i – o leia ddeg gwaith.'

'Ryan sydd ar fai, nid ti. Os nad yw e'n pasio'r bêl i ti, sut alli di ddisgwyl bod yn barod ac ar y tu fewn?'

'Ddylwn i fod yn barod,' meddai Gwilym.

'Oes rhwbeth arall yn bod?' gofynnodd Yunis.

'Fel beth?'

'Ti'n poeni am beth ddwedodd Cai am ffrind Ryan – yr asgellwr, Aron?'

Doedd Gwilym ddim yn gallu credu bod Yunis wedi dweud y fath beth. Roedd fel pe bai'n gallu darllen ei feddwl. Doedd e ddim wir eisiau siarad am y peth ond doedd dim pwynt gwadu'i deimladau nawr.

Ti'n meddwl wnaiff Phil 'y ngollwng i a gadael i Aron ddod 'nôl?' gofynnodd yn bryderus.

'All e ddim,' meddai Yunis yn syn.

'Pam lai?' meddai Gwilym. 'Mae e eisiau tîm sy'n mynd i ennill ac os ydw i'n waeth chwaraewr na'r Aron 'ma, ddylai e fy ryddhau i a dod ag Aron 'nôl.'

Canodd corn car y tu ôl iddyn nhw.

Trodd Gwilym gan ddisgwyl gweld ei dad yn aros iddo wedi'r cwbwl. Byddai wedi hoffi hynny – roedd e eisiau trafod y gêm gydag e.

Ond yn lle hynny, pwysodd dyn Asiaidd, tal, mewn siwt ei ben allan o'r Mercedes arian.

Goleuodd wyneb Yunis. 'Dad yw e! Dere.'

Rhedodd at y car a Gwilym yn dynn ar ei sodlau. Roedd Yunis wrth ei fodd.

'Dyma Gwilym,' meddai Yunis. 'Gwilym, dyma Dad.'

Ysgydwodd tad Yunis law Gwilym. 'Helô, Gwilym. Alla i roi lifft i ti i rywle? Dwi wedi dod i fynd ag Yunis adre.'

'Ydych chi'n mynd trwy ganol y ddinas?' gofynnodd Gwilym.

'Wrth gwrs, neidia i mewn.'

Agorodd Gwilym ddrws y car. Roedd tad Yunis i'w weld yn foi iawn. Roedd e wedi disgwyl gweld bwystfil o ddyn ar ôl popeth roedd Yunis wedi'i ddweud.

Dilynodd Yunis Gwilym i mewn i gefn y car. 'Weles di'r gêm, Dad?'

'Naddo, Yunis. Arhoses i fan hyn yn y maes parcio.'

'Ddylet ti fod wedi gweld y munudau olaf. Sgories i.' Roedd llais Yunis yn dawelach erbyn hyn.

'Ddes i i dy nôl di, ddim i dy wylio di'n chwarae pêl-droed,' meddai ei dad. 'Dwi eisiau dy gael di gartre cyn gynted â phosib fel y galli di wneud dy waith ysgol. Ti'n colli dyddie cyfan yn chwarae'r hen gêm 'ma.'

Suddodd calon Yunis. Edrychodd ar Gwilym a gwenodd hwnnw'n gefnogol. Ond edrych i lawr wnaeth Yunis, gan syllu ar ddolen ei fag.

Gyrru mewn tawelwch wnaethon nhw wedyn ac roedd ar Gwilym ofn dweud gair weddill y siwrnai. *Ddylwn i fod wedi dal y bws*, meddyliodd.

Yr Alwad Ffôn

Nos Lun. Noson ymarfer. Roedd Gwilym wedi cael diwrnod caled yn yr ysgol. Doedd e ddim wedi gallu canolbwyntio o gwbwl am ei fod yn poeni am ei bêl-droed. Daeth ei dad adref o'r gwaith yn gynnar fel arfer fel y gallai fynd â Gwilym i'r Academi.

'Reit 'te, Gwilym,' meddai. 'Bant â ni.' Roedd ei dad yn gwisgo'i got yn barod.

'Does dim pêl-droed,' meddai Gwilym.

'Beth?' Safodd ei dad yn ei unfan a llawes ei got yn hongian wrth ei ochr.

'Mae Phil wedi canslo,' meddai Gwilym. 'Mae e newydd ffonio. Wedodd e rhwbeth fod eisiau'r caeau ar y tîm cynta.'

'O, reit.' Safodd ei dad am funud ac yna gwenu. 'Wyliwn ni gêm Abertawe ar y teledu heno 'te?'

I fyny'r grisiau trodd Gwilym at ei Playstation. Penderfynodd chwarae gêm *Rheolwr Pêl-droed* nes i'r gêm go iawn ddechrau ar y teledu, er mwyn cymryd ei feddwl oddi ar beth oedd yn digwydd yn yr Academi. Celwydd oedd dweud fod y sesiwn ymarfer wedi'i chanslo. Roedd y sesiwn ymlaen o hyd ac yn dechrau mewn llai nag awr. Ond doedd dim awydd mynd ar Gwilym.

Wrth eistedd yn ei stafell, dechreuodd

deimlo'n euog. Yn euog am golli'r ymarfer. Yn euog am ddweud celwydd wrth ei dad ac yn euog am siomi Phil. Ond doedd Gwilym ddim eisiau wynebu'i hyfforddwr rhag ofn iddo ddweud wrtho ei fod yn colli'i le yn y tîm.

A doedd e'n bendant ddim eisiau gweld Ryan. Sut allai fynd i'r Academi – ac yntau wedi bod yn breuddwydio am gael chwarae pêl-droed yn broffesiynol erioed – a wedyn cael gorchymyn i adael?

Roedd yn well gan Gwilym beidio â mynd 'nôl yno o gwbwl.

Roedd hi'n hanner amser yn y gêm ar y teledu – Abertawe yn erbyn Chelsea. Roedd Abertawe'n ennill o ddwy gôl. Doedd ei dad ddim wedi crybwyll y sesiwn ymarfer ac roedd Gwilym yn mwynhau eistedd gydag e.

Yna canodd y ffôn.

Hyd yn oed cyn i'w dad ateb roedd
Gwilym yn gwybod mai Phil oedd yno.

Neidiodd o'i sedd. 'Dwi'n mynd i'r
gwely,' meddai.

Edrychodd ei fam a'i dad arno'n syn.
Pam oedd e'n mynd i'r gwely os oedd
Abertawe ar y blaen o ddwy gôl i ddim?

Ar ôl cau drws y stafell fyw,
gwrandawodd Gwilym ar ei dad ar y ffôn.

'Helô?'

Saib.

'Helô, Phil.'

Phil *oedd* yno.

'Gwilym? Na mae e fan hyn.'
Gwrandawodd ei dad mewn tawelwch.
'Dwi'n gweld . . .'

Aeth Gwilym i fyny'r grisiau ac yn syth
i'w stafell wely, diffodd y golau, cau'r llenni
a llithro o dan y cwilt.

Mater o amser fyddai hi tan i'w dad
ddod i fyny'r grisiau. Byddai'n siŵr o fod yn
gandryll.

Gwilym a'i Dad

Hanner awr yn ddiweddarach
daeth cnoc ysgafn ar y drws.
Roedd Gwilym wedi bod yn syllu
ar nenfwd ei stafell yn aros. Daeth ei dad
i mewn.

'Allwn ni siarad?'

Rhoddodd Gwilym y gorau i'r syniad o
esgus cysgu.

'Iawn,' meddai.

Cynheuodd olau'r lamp ac eisteddodd ei
dad ar waelod gwely Gwilym.

'Phil oedd hwnna,' meddai.

'Dwi'n gwybod.'

'Roedd e newydd gyrraedd adre o'r sesiwn hyfforddi ac eisiau gwybod os oeddet ti'n iawn.'

Edrychodd Gwilym i ffwrdd a dweud dim.

'Beth sy'n bod?' meddai ei dad.

Roedd Gwilym wedi disgwyl i'w dad fod yn grac a dweud ei fod wedi ei siomi. Ond roedd e'n bod yn rhesymol, yn ôl ei arfer. Felly penderfynodd Gwilym fod yn onest. Dyna'r peth lleiaf allai ei wneud ar ôl dweud y fath gelwydd.

'Dwi'n credu eu bod nhw'n mynd i ddod ag Aron 'nôl. Y bachgen oedd yn arfer chwarae ar y chwith y tymor diwetha. Maen nhw'n mynd i 'ngollwng i.'

'Ydy Phil wedi dweud hynny?'

Roedd Gwilym yn synnu fod ei dad fel pe bai'n grac gyda Phil yn hytrach nag e.

'Na'dy,' atebodd Gwilym.

Ochneidiodd ei dad. 'Pwy sydd wedi dweud hynny 'te?'

Ceisiodd Gwilym feddwl. Ryan oedd wedi plannu'r syniad yn ei feddwl ac roedd Phil wedi dweud ei fod eisiau siarad â'i dad. A dyna'r sgwrs rhwng Ryan ac Aron ar y ffôn.

Ond doedd neb wedi dweud dim yn blwmp ac yn blaen.

'Dim syniad,' meddai Gwilym.

'Y gêmau,' meddai ei dad, 'y ddwy gynta. Dy'n nhw ddim wedi mynd yn dda iawn, ydyn nhw?'

'Naddo.'

'A ti'n credu eu bod nhw'n mynd i dy ryddhau di?'

'*Maen* nhw.'

'Pam ti'n meddwl hynny?'

'Phil . . .'

'Beth amdano?'

'Mae e eisiau siarad â fi – a *ti*. Beth arall allai hynny feddwl?'

Cododd ei dad ar ei draed. 'Aros fan 'na,' meddai.

A gadawodd Gwilym ar ei ben ei hunan. Gallai glywed ei dad yn mynd i lawr y grisiau ac yn gofyn rhywbeth i'w fam cyn dod 'nôl i fyny. Daeth â ffeil gardfwrdd gydag e. Tynnodd ddarn o bapur allan.

'Beth yw hwn?' gofynnodd.

'Fy nghytundeb i,' meddai Gwilym.

'Beth mae'n ei ddweud fan hyn?' pwyntiodd ei dad at linell o ysgrifen.

''Mod i wedi arwyddo i chwarae am ddeuddeg mis. Tan fis Awst.'

'Yn gwmws.'

'Ond os ydw i'n ofnadwy . . .'

Gwilym. Ti wedi chwarae dwy gêm. Dwyt ti ddim yn ofnadwy. Os nad wyt ti cweit i fyny i'r safon bob tro, falle y gwnaiff

Phil dy roi di ar y fainc, ond dyw hynny ddim wedi digwydd hyd yn hyn, nag yw? Ti'n cofio beth ddwedon nhw pan ddewison nhw ti i chwarae? Eu bod nhw'n meddwl dy fod ti'n dangos llawer o botensial? Eu bod nhw eisiau gweithio gyda ti am flwyddyn? O leiaf blwyddyn. Fel eu bod nhw'n gallu dy ddatblygu di fel chwaraewr?'

Cododd Gwilym ei ysgwyddau heb ddweud gair.

'Wyt ti wedi anghofio gymaint o chwaraewr da wyt ti?' gofynnodd ei dad.

'Falle nad ydw i'n chwaraewr da.'

Tynnodd ei dad y dillad gwely oddi ar Gwilym.

'Dere.'

'Beth?'

'I'r parc. Nawr.'

'Mae'n dywyll.'

'Mae digon o olau'n dod o lampau'r stryd. Dim byd mawr. Dim ond cicio'r bêl 'nôl a mlaen. Dere.'

Gêm gyda Dad

Dydd Mercher ar ôl ysgol roedd Gwilym a'i dad yn gyrru ar draws y brifddinas eto tuag at Academi Caerdydd.

Teimlai Gwilym yn nerfus. Cyn yr ymarfer heddiw roedden nhw'n cyfarfod â Phil. Roedd Gwilym yn falch fod ei dad yn dod hefyd. Dyna drefn y clwb. Os oedd chwaraewr yn cael problemau neu os oedd rhywbeth pwysig i'w drafod, roedd yn rhaid i riant ddod hefyd.

Am y ddwy noson ddiwethaf roedd Gwilym, yn ei grys Abertawe, wedi bod allan yn y parc gyda'i dad yn ymarfer fel yr arferai'r ddau wneud. Doedd Gwilym ddim wedi meddwl am y peth cyn hynny, ond ers iddo arwyddo i Gaerdydd roedd e wedi stopio chwarae gyda'i dad yn llwyr.

Wrth iddyn nhw gicio'r bêl o un i'r llall, roedd Gwilym wedi cofio gymaint roedd yn mwynhau chwarae pêl-droed, p'un ai oedd yn chwarae i Gaerdydd, neu ond yn chwarae gyda'i dad.

Erbyn hyn, roedd ei dad wedi'i ddarbwyllo nad oedd Phil yn mynd i gael gwared arno. Sgwrs oedd hon ynglŷn â sut i wneud bywyd yn well i Gwilym.

'Wyt ti'n iawn?' gofynnodd ei dad wrth arafu mewn traffig trwm.

'Ydw, diolch.'

'Cofia beth ddywedes i ddoe . . .'

'Dad?'

Roedd Gwilym eisiau torri ar ei draws. Roedd e'n gwybod fod ei dad yn mynd i ddweud pethau oedd yn mynd i wneud iddo deimlo'n hyderus. Ond roedd gan Gwilym rywbeth i'w ddweud hefyd.

'. . . bod rhaid i ti chwarae dy gêm dy hunan,' ychwanegodd ei dad. 'A chanolbwyntio. Ti'n gyflym. Ti'n gallu rheoli'r . . .'

'Dad?'

Tawelodd ei dad ac edrych arno.

'Beth?'

'Wnes *di* weld eisiau ni'n dau'n chwarae yn y parc?'

Gwenodd ei dad. 'Do.' Ddywedodd ei dad ddim byd am eiliad neu ddwy, yna dechreuodd siarad eto. 'Ond dwi'n dal i drio gwneud fy ngorau drosot ti. Dwi wedi bod yn dod i dy wylio di yn yr Academi, on'd ydw i?'

'Dwi'n gwybod. Ond dyw hynny ddim r'un peth â chwarae, nag yw?' meddai Gwilym.

'Na. Ac mae'r ddwy noson ddiwetha wedi bod yn sbort. Ond mae'n well gyda fi dy weld di yn yr Academi.'

'Wir?'

'Wir. Bob tro dwi'n dy weld di'n ymarfer neu'n chwarae mae'n gwneud i fi deimlo'n sobor o falch. Bob tro dwi'n dy weld di'n cyffwrdd â'r bêl . . .'

'Felly mae hynny'n well na chwarae fan hyn gyda fi?'

'Ar y cyfan, ydy,' meddai ei dad.

Teimlai Gwilym yn well. *Bob tro fydda i'n cael y bêl wrth 'y nhraed*, meddyliodd, *dwi'n mynd i chwarae i Dad. Dwi'n mynd i'w wneud e'n fwy balch fyth.*

'Ond cofia,' meddai ei dad ar draws ei feddyliau. 'Os fyth y byddi di awydd cicio pêl gyda fi . . . ti'n gwybod ble ydw i.'

Gwenodd Gwilym fel giât.

Y Cyfarfod

'Dere i mewn, Gwilym,' meddai Phil. A chi hefyd, Mr Edwards.' Ysgydwodd Phil law tad Gwilym a chau'r drws.

Teimlai Gwilym fel pe bai wedi dod i weld y meddyg neu'r deintydd neu fel petai rhywbeth drwg ar fin digwydd iddo.

Roedd y swyddfa'n fach ac yn llawn offer a bagiau mawr yn llawn peli. Roedd dwy o'r silffoedd yn llawn llyfrau hyfforddi a ffeiliau. Cafodd Gwilym ei synnu fod y stafell mor flêr.

'Iawn,' meddai Phil. 'Ti wedi bod gyda ni ers pedair wythnos nawr. Ro'n i jyst eisiau gweld sut oeddet ti'n teimlo am bethau. Dwi wastad yn cael sgwrs fel hyn er mwyn gwneud yn siŵr nad oes unrhyw broblemau'n codi ar y dechrau.'

Teimlodd Gwilym don o ryddhad. Felly roedd hyn yn normal. Dim ond sgwrs i weld fod popeth yn iawn oedd hon. Teimlodd law ei dad ar ei gefn.

'Gwilym?' meddai Phil. 'Oes unrhyw beth gyda ti i'w ddweud? Unrhyw beth yn dy boeni di?'

'Na,' atebodd Gwilym. 'Mae popeth yn iawn.'

'Ti'n siŵr? Allwn ni fod yn agored fan hyn. Bydd beth bynnag ddwedwn ni'n aros yn y stafell hon. Sgwrs breifat yw hi. Ond mae'n bwysig i fi dy fod ti'n datblygu oddi ar y cae yn ogystal ag ar y cae.'

'Dwi'n iawn.'

'Iawn,' meddai Phil. 'Mr Edwards? Ydych chi'n hapus? Unrhyw beth hoffech chi ddweud?'

Syllodd ei dad ar Gwilym a chodi ei aeliau.

Roedd Gwilym yn gwybod na fyddai'n dweud unrhyw beth nag yn ei wthio yntau i ddweud unrhyw beth chwaith. Gwilym oedd yr un i wneud y penderfyniad.

Tawelwch. Sylweddolodd Gwilym
fod Phil yn aros iddo siarad. Syllodd ar y
bag peli. Roedd yn ysu i gael mynd allan
i chwarae. Gyda Dad. Jyst i gael chwarae
pêl-droed heb unrhyw gymhlethdodau.

Dechreuodd siarad bron heb iddo sylwi.

'Poeni ydw i y byddwch chi'n fy ryddhau
i a dod 'nôl â'r bachgen arall yna . . . Aron.
A dwi'n poeni eich bod chi'n meddwl mai
camgymeriad oedd 'y newis i . . . ac yr
hoffech chi'i gael e 'nôl . . . achos 'i fod e'n
ffitio i mewn yn well. Ac yn y treialon, er i
chi feddwl 'mod i'n dda, 'mod i *ddim* mewn
gwirionedd. A bod y chwaraewyr eraill i gyd
yn dda iawn a 'mod *i* ddim . . .'

Gwenodd Phil. 'Sori,' meddai'n gyflym.
'Do'n i ddim yn bwriadu gwenu.'

Cododd a chymryd anadl ddofn. 'Gwilym.
Dyw hynny *ddim* yn mynd i ddigwydd. Ti 'di
cael dy arwyddo am flwyddyn. Mae'r clwb

wedi buddsoddi ynot ti am y flwyddyn nesa.
Ac am flynyddoedd wedyn, dwi'n gobeithio.
Pan arwyddest di'r cytundeb, wnes i hefyd.
Fy ngwaith i yw meithrin dy dalent di – ac
mae digon o hwnnw gyda ti. Ry'n ni eisiau
rhoi'r cyfle gorau i ti ddod yn bêl-droediwr
proffesiynol. Bydd pethe ddim wastad yn
hawdd ond dyna pam ry'n ni wedi dod â ti
yma: am ein bod ni'n credu ynot ti.'

Gwenodd Gwilym ac edrych ar ei dad.
'Dwi'n gwybod,' meddai wrth Phil. 'Sori.
Ro'n i *yn* gwbod hynny.'

'Dwi'n deall dy fod ti'n teimlo fel hyn,
Gwilym. Mae'n normal. Mae bod fan hyn
yn beth mawr i ti. Ti newydd ddechrau ar
gyfnod newydd yn dy yrfa. Ac os oes gen ti
unrhyw amheuon fel yna eto, dere i 'ngweld i
ac fe drafodwn ni'r peth.'

Eisteddodd Phil a phwyso 'nôl yn ei
gadair.

'Dwi ddim yn gwybod o ble ges di'r syniadau yna am Aron,' meddai gan godi un o'i aeliau. 'Ydy popeth arall yn iawn? Wyt ti'n dod mlaen gyda'r bois eraill i gyd?'

Sylweddolodd Gwilym mai dyma'r amser i fod yn onest, mor onest ag y gallai.

'Mae'n anodd, weithiau,' meddai, 'ffeindio 'nhraed. Dwi'n dod mlaen gydag Yunis a Cai. A Wil. Ond mae un neu ddau o'r lleill yn anoddach i'w trin.'

Nodiodd Phil.

Doedd Gwilym ddim am ddweud rhagor. Doedd e ddim eisiau enwi unrhyw un.

'Dwi'n deall, Gwilym,' meddai Phil. 'Ond os gei di ragor o drwbwl, dere ata i. A gyda llaw, dwi'n gwybod nad wyt ti wedi dweud unrhyw beth am hyn heddiw ond dy'n ni ddim yn derbyn bwlio yn y clwb. Os yw e'n digwydd, dwi'n rhoi stop arno'n syth. Dwi'n gwneud yn siŵr fod y bois i gyd yn gwybod am hyn. Iawn?'

'Iawn,' meddai Gwilym.

Cododd Phil.

'Mewn mis, Gwilym, ti'n mynd i fod yn rhan allweddol o'r tîm yma. Dwi eisiau i ti fod yma am y tymor hir, nid dim ond am ddwy gêm.'

Gwenodd Gwilym. Teimlai lawer iawn yn well.

Ymosod ac Amddiffyn

Roedd Gwilym yn eistedd yn chwerthin gydag Yunis yn y stafell newid, ond daeth Ryan draw ac yn sydyn, aeth Gwilym yn oer.

Roedd Ryan yn gwenu.

'Weles i Aron yn yr ysgol heddi,' meddai Ryan. 'Wedodd e fod yr Academi wedi cysylltu ag e.'

Ddywedodd Gwilym yr un gair am funud. Ond roedd e'n benderfynol nad oedd hyn yn mynd i ddigwydd eto. Byddai'n rhaid iddo gymryd rheolaeth o'r sefyllfa.

'Dyw hynny ddim yn wir,' meddai Gwilym yn dawel gan edrych i fyw llygaid Ryan.

'Sut wyt ti'n gwybod?' crechwenodd Ryan.

'Dwi'n gwybod, dyna'i gyd.' Syllodd Gwilym yn syth i lygaid Ryan nes i Ryan edrych i ffwrdd.

'Gawn ni weld,' meddai hwnnw gan droi a cherdded tuag at y drws.

'Os na alli di ddod yn gyfarwydd â 'nghael i yn y tîm,' gwaeddodd Gwilym ar ei ôl, 'well i ti fynd i chwarae i rywun arall dy hunan, Ryan. Achos dw *i* ddim y mynd i unrhyw le.'

Dal i gerdded wnaeth Ryan, heb edrych 'nôl.

Gallai Gwilym deimlo'i galon yn curo'n wyllt. Allai e ddim credu'i fod wedi dweud y fath bethau wrth Ryan, o bawb. Doedd e ddim wedi ateb bwli 'nôl fel yna erioed o'r blaen.

Roedd y tîm dan ddeuddeg allan ar y caeau hyfforddi eto. Hon oedd y sesiwn olaf cyn y gêm fawr ddydd Sul. Roedden nhw'n chwarae Abertawe oddi cartre. Abertawe! Tîm Gwilym.

'Reit, bois,' meddai Phil. 'Dy'n ni ddim yn mynd i wneud ymarferion heddiw. Ry'n ni'n mynd i ddechrau ymosod ac amddiffyn yn syth. Dwi'n mynd i'ch rhannu chi'n ddau dîm.'

Pwyntiodd Phil at un grŵp o fechgyn – Ryan a'r amddiffynwyr eraill yn y garfan.

'Dwi am i chi i gyd amddiffyn,' meddai Phil. 'Ryan, trefna di nhw.'

Pwyntiodd Phil at Gwilym, Yunis a'r grŵp y tu ôl iddo. 'A dwi am i chi i gyd ymosod. Gwilym trefna di hynny. Mae eisiau i ni ymarfer hyn cyn i ni chwarae Abertawe. Dwi'n gwybod eich bod chi i *gyd* eisiau eu curo nhw.'

Gwenodd Gwilym wrth i bawb osod
eu hunain ar draws y cae. Roedd e'n methu
aros. Chwarae Abertawe oddi cartref oedd ei
gyfle i brofi i bawb mai chwaraewyr i'r Adar
Gleision oedd e. Edrychodd ar Ryan, ond
allai e ddim dal ei lygaid.

Ciciodd Phil y bêl at Gwilym.

'Ti yw'r bòs, Gwilym. Dwi am i ti
ddechrau pob ymosodiad. Defnyddia holl led
y cae ac amrywia bethau.'

Gafaelodd Gwilym yn y bêl ac edrych

i fyny. O'i flaen roedd Ryan yn dal i fethu edrych i fyw ei lygaid.

Chwythodd Phil y chwiban. Anwesodd Gwilym y bêl ymlaen rhyw ddegllath â'i droed, cyn gweld Ryan, o bawb, yn carlamu tuag ato.

Mae e eisiau dangos ei ddannedd yn syth, meddyliodd Gwilym, *ond mae e wedi gadael ei safle yng nghanol yr amddiffyn*.

Penderfynodd Gwilym basio'r bêl at Cai, gan roi cyfle iddo redeg nerth ei draed heibio i Ryan. Ciciodd Cai y bêl yn syth 'nôl i lwybr Gwilym ac fe reolodd yntau'r bêl yn berffaith gan guro Ryan am eiliad.

Roedd Gwilym bellach ugain metr o'r gôl, ond gallai glywed Ryan yn ei gwrso'n benderfynol. Erbyn i Gwilym redeg deg metr arall roedd Ryan yn anadlu'n drwm ar ei war ac ar fin ei daclo.

Ond roedd Gwilym yn gyflym hefyd. Cymerodd dri cham arall a sylweddoli fod

Tomas yn sefyll ychydig oddi ar ei linell. Trawodd Gwilym y bêl yn galed. Doedd neb yn disgwyl hynny o'r fath bellter. Roedd gweddill yr amddiffynwyr wedi symud tuag at Wil a Yunis, oedd yn aros iddo groesi i mewn i'r cwrt, ond camgymeriad mawr oedd hynny.

Hedfanodd y bêl fel bwled heibio i'r amddiffynwyr i gyd a thros ben Tomas, gan lanio'n berffaith yng nghefn y rhwyd.

Yunis oedd y cyntaf i longyfarch Gwilym.

'Gwych, Gwil,' meddai.

Wrth i Tomas godi'r bêl yn benisel allan o'r gôl edrychodd Gwilym at ochr y cae. Roedd mam Ryan yn edrych yn gandryll ond yn bellach i lawr yr ystlys gwelodd Gwilym ei dad yn sefyll yn fodlon iawn ei fyd ac yn gwenu'n braf. Roedd Gwilym eisiau gweld hynny eto. Ac eto, ac eto, ac eto.

Y Gwymp

Gwilym oedd y cyntaf 'nôl i'r stafell newid, neu dyna beth oedd e'n ei feddwl beth bynnag. Clywodd leisiau'n dod o'r tu mewn. Gweiddi.

Arhosodd y tu allan i'r drws yn y coridor. Doedd e ddim am dorri ar draws beth bynnag oedd yn digwydd.

'Wnes di adael i'r boi bach 'na wneud ffŵl ohonot ti,' meddai'r llais oedd yn gweiddi. 'Pam na allet ti'i stopio fe?'

Llais menyw. Roedd Gwilym yn gwybod llais pwy yn syth.

'Mae'n gyflym,' meddai Ryan yn dawel –
yn anarferol o dawel.

'Wnaeth e neud i ti edrych fel *ffŵl*. O'dd
cywilydd arna i. 'Nei di byth gyrraedd y tîm
cyntaf os wnei di adael i fois – bois newydd –
dy drin di fel hyn. Dwi'n dechrau cael llond
bol ar hyn, Ryan. Wir i ti. Fydda i yn y car.
Meddylia di'n galed am hyn. Am sut wyt ti'n
fy siomi i.'

Camodd Gwilym 'nôl wrth i fam Ryan
agor y drws a cherdded heibio gan wgu.

Gallai glywed y bechgyn eraill yn agosáu,
eu 'sgidiau'n crafu'r pren.

Aeth i mewn i'r stafell newid.

Roedd Ryan yn eistedd yn ei fan arferol a'i ben dan dywel. Pan glywodd e Gwilym yn dod i mewn edrychodd i fyny, ei wyneb yn llawn gobaith.

Mae'n credu bod ei fam wedi dod 'nôl, meddyliodd Gwilym. Yna sylwodd fod Ryan yn crio. Roedd ei lygaid yn goch ac wedi chwyddo ac roedd ei fochau'n wlyb.

Syllodd y ddau ar ei gilydd am eiliad.

Roedd sŵn traed y lleill yn dod yn agosach. Bydden nhw wrth y drws mewn eiliadau.

Edrychodd Ryan ar Gwilym fel pe bai'n ymbil am help. Camodd Gwilym 'nôl i'r coridor a chau'r drws. Yna syrthiodd i'r llawr a gafael yn ei bigwrn.

Munud gymerodd hi i Phil godi Gwilym i'w draed ac edrych ar ei goes.

'Ydy e'n boenus?' holodd Phil.

Gallai Gwilym weld Tomas ac Yunis
yn edrych arno'n bryderus y tu ôl i'r
hyfforddwr. A'r tu ôl iddyn nhw roedd
gweddill y garfan dan ddeuddeg.

'Dwi ddim yn meddwl,' meddai Gwilym.
'Llithro wnes i, dyna i gyd.'

'Mae'r llawr yn wlyb,' meddai Phil. 'Wyt
ti'n gallu rhoi dy bwysau ar dy droed?'

Safodd Gwilym heb gymorth Phil a
cherdded cam neu ddau.

'Dwi'n iawn,' meddai Gwilym. 'Dyw e'n
ddim byd.'

'Jyst gad i fi dy helpu di draw at y fainc,'
meddai Phil.

Arweiniodd Gwilym i mewn i'r stafell
newid. Edrychodd Gwilym i weld os oedd
Ryan yn dal yno. Y cwbwl allai weld oedd
stêm yn dod o'r gawod. Wrth i Gwilym
eistedd daeth Ryan i'r golwg. Roedd ei
wyneb yn wlyb ac yn goch wedi'r dŵr poeth.

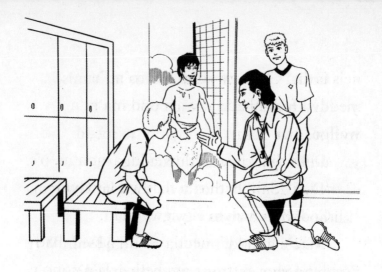

'Beth sy'n bod?' holodd Ryan gan edrych
ar Gwilym. 'Rhywun 'di brifo?'

Ryan oedd y cyntaf i adael y stafell newid.
Doedd e ddim wedi dweud gair wrth
Gwilym. Ond roedd e wedi edrych arno.
Doedd e ddim wedi gwenu ond doedd e
ddim wedi gwgu chwaith.

Roedd Cai, Wil ac Yunis yn siarad am
Ryan. Nhw oedd yr olaf i newid.

'Mae'n rhaid i chi deimlo trueni drosto,'
meddai Wil. 'Dyw 'i fam e ddim yn berson

neis iawn. Chi'n gwybod . . . ro'n i'n meddwl fod 'nhad i'n wael ond ma hi'n wallgo.'

'Does dim rhaid iddi weiddi arnon ni, o's e? meddai Cai. 'Beth ti'n feddwl, Gwilym?'

Cododd Gwilym ei ysgwyddau.

'Mae'n anodd,' meddai Wil. 'Mae 'nhad i'n mynd mor gyffrous am bethe. Ti'n cofio'r treialon, Gwilym? O'dd hwnna'n embaras mawr – pan ddaeth e mewn i'r stafell newid a dweud wrtha i 'mod i wedi cael fy newis.'

'Falle,' meddai Gwilym.

'Fydden i'n fwy na hapus pe bai 'nhad i'n cymryd cymaint â hynny o ddiddordeb,' meddai Yunis.

Trodd Gwilym ei ben. Teimlai'n falch fod ei dad e'n normal. Cofiodd sut y llwyddodd i gadw'n dawel pan aethon nhw i siarad â Phil. Roedd yno'n gefn i Gwilym, ond wnaeth e ddim ymyrryd.

Gwisgodd Gwilym ei 'sgidiau a sefyll ar ei draed.

'Reit, dwi'n mynd. Wela i chi yn y gêm yn erbyn Abertawe.'

Abertawe yn erbyn Caerdydd

Diwrnod y gêm. Pum munud cyn y chwiban gyntaf. Abertawe yn erbyn Caerdydd.

Roedd Gwilym yn siarad â bachgen roedd e'n adnabod yn nhîm Abertawe pan ddaeth Ryan i fyny y tu ôl iddo. Sam oedd un o chwaraewyr gorau Abertawe – yn dal, â gwallt melyn ac yn giciwr da iawn. Roedd Gwilym wedi chwarae gydag e o'r blaen. Roedd y ddau'n cefnogi Abertawe ac wedi'u magu yn yr un pentref.

Rhoddodd Ryan ei fraich o gwmpas ysgwyddau Gwilym. 'Pa grys wyt ti'n gwisgo heddi, ffan Abertawe?'

'Yr un crys â ti,' atebodd Gwilym.

'Ie, gobeithio,' meddai Ryan.

'Rho'r bêl i fi ac fe brofa i hynny i ti,' mentrodd Gwilym.

Sylwodd Gwilym fod Sam yn edrych yn ddryslyd, fel pe bai am ofyn beth oedd yn digwydd.

'Ydy dy grys Abertawe gyda ti?' gofynnodd Ryan.

'Gad hi, Ryan,' meddai Gwilym. 'Na, dyw'r crys ddim gyda fi. Ac ydw, dwi'n chwarae i Gaerdydd. Beth arall wyt ti eisiau'i wybod?'

Cerddodd Ryan i ffwrdd gan adael Gwilym yn siarad â Sam. Allai Gwilym ond gobeithio na fyddai Ryan yn ei drin yn waeth nawr ei fod wedi ei weld yn crio.

Roedd hwn yn ddiwrnod rhyfedd, meddyliodd Gwilym. Y funud y cerddodd i mewn i Stadiwm Liberty, cafodd yr ias honno. Dyma gartref y tîm roedd e wedi'i gefnogi erioed. Y tîm roedd e wastad yn cario'i grys yn ei fag am lwc. Ond fel y dywedodd wrth Ryan, doedd y crys ddim ganddo heddiw. Roedd e gartref ar ei wely. Roedd wedi ei adael yno am unwaith, er nad oedd e'n siŵr iawn pam.

Ond doedd dim ots. Heddiw, a beth oedd e'n ei wneud yn ei grys Caerdydd oedd yn bwysig.

Roedd tîm Caerdydd yn gryf o'r dechrau. Ymosodon nhw am y deg munud cyntaf gydag Abertawe braidd ynddi o gwbwl. Ac roedd Ryan yn lledu'r bêl i'r ddwy asgell, felly gwelodd Gwilym dipyn go lew o'r bêl. Roedd ei hyder yn tyfu a'i berfformaid yn gwella o'r herwydd.

O'r diwedd, roedd e'n dechrau teimlo fel petai'n haeddu ei le yn y tîm ac yn haeddu chwarae dros Gaerdydd.

Daeth cyfle gwirioneddol i'r Adar Gleision fynd ar y blaen wedi deuddeg munud o chwarae. Aeth Gwilym â'r bêl tuag at yr ystlys, ei phasio at Ryan yng nghanol y cae, cyn iddo fe'i lledu hi i'r ochr dde ac at Ben.

Rhedodd Gwilym i mewn i'r cwrt chwech gan ragdybio y byddai'r bêl yn ei gyrraedd. Ond ciciodd Ben hi at Yunis a oedd rhyw ddeuddeg metr o'r gôl. Rheolodd Yunis y bêl yn gelfydd a'i tharo tuag at y gôl. Gwelodd Gwilym hi'n dod. Ceisiodd neidio allan o'r ffordd ond trawodd y bêl e ar ei bigwrn a hithau ar ei ffordd i'r rhwyd. Roedd Gwilym wedi atal ei dîm ei hunan rhag sgorio! Am siom. Am gywilydd.

Chwarae teg i Yunis, er gwaethaf ei siom gwaeddodd, 'Paid poeni, Gwilym. Damwain oedd hi. Jyst paid â gwneud yr un peth y tro nesa dwi'n trio sgorio.'

Yna rhedodd Sam heibio i Gwilym a rhwbio'i wallt. 'Da iawn . . . y mwlsyn.'

Feddyliodd Gwilym ddim mwy am y peth. Rhaid oedd canolbwyntio ar weddill y gêm. Edrychodd ar Phil a oedd yn annog y tîm i fynd 'nôl i amddiffyn.

Wrth iddyn nhw redeg 'nôl gwaeddodd Ryan ar Gwilym. 'Da iawn, Gwilym. *Wedes* i mai chwaraewr i Abertawe oeddet ti.

Clywodd Gwilym rai o'r rhieni'n chwerthin.

Teimlai'n grac iawn. Ond y tro hwn, yn lle gwneud iddo amau ei hunan, fe'i gwnaeth yn fwy penderfynol fyth i brofi fod Ryan yn anghywir.

Caerdydd

Roedd Gwilym yn ysu am gyfle i adfer ei hunan barch, yn benderfynol o wneud yn iawn am ei gamgymeriad. Daeth ei gyfle i wneud hynny bum munud yn ddiweddarach. Roedd Ryan ar fin chwarae'r bêl at Ben ond yna newidiodd ei feddwl.

Edrychodd Ryan i fyny. Roedd Gwilym wedi rhedeg i mewn i'r gwagle o'i flaen ac roedd Ben yn cael ei wylio'n graff gan ddau amddiffynnwr. Heb opsiwn arall, ciciodd Ryan y bêl at Gwilym. Trodd ar ei sawdl yn

ddawnus gan redeg yn syth ac yn hyderus
at galon amddiffyn Abertawe. Twyllodd yr
amddiffynnwr cyntaf â'i draed cyflym a chan
fod Ryan mewn safle addawol iawn wedi
iddo ddod ymlaen i gefnogi'r ymosodiad,
pasiodd Gwilym y bêl yn anhunanol ato.
Wedi'r cyfan pregeth gyson Phil oedd bod yn
rhaid iddyn nhw chwarae fel tîm.

Gorau Chwarae. Cyd chwarae.

Rhedodd Gwilym tuag at y cwrt cosbi

gan gynnig ei hun yn y tir agored. Gan fod
Ben ar y chwith, Yunis a Gwilym ar ochr y cwrt
a Wil wrth ochr Ryan, roedd ganddo bedwar
opsiwn. Er mawr syndod i Gwilym, ciciodd
Ryan y bêl i'w gyfeiriad e, ar gyrion y cwrt.

Roedd rhywbeth wedi newid, yn bendant.

Mewn syndod braidd, neidiodd Gwilym
yn ddigon uchel i benio'r bêl lawr i lwybr
Yunis oedd mewn ychydig o le yn y cwrt.

Amserodd Yunis ei rediad yn berffaith
cyn ergydio'n gwbwl gywir.

Chwyddodd y rhwyd. Doedd gan
gôl-geidwad Abertawe ddim gobaith.

Un i ddim.

Ar ôl llongyfarch Yunis, rhedodd Ryan
draw at Gwilym a churo'i gefn.

'Peniad gwych, Gwilym.'

'Ti greodd y cwbwl gyda dy groesiad di,'
meddai Gwilym.

Gwelodd Gwilym fod Ryan yn gwenu.

Wedi hynny, gwella eto wnaeth y gêm i
Gaerdydd. Roedd Gwilym yn cael mwy o le
a mwy o'r bêl gan Ryan ac roedd yr Adar
Gleision yn ymosod a bygwth sgorio mwy o
goliau.

Ben arall y maes, er mai prin oedd
ymosodiadau Abertawe, arbedodd Tomas
ddwy ymdrech gampus gan yr Elyrch i gadw
Caerdydd ar y blaen.

Roedd hyder newydd Gwilym yn llifo
drwy'i wythiennau. Gan ddefnyddio'i gyflymdra

a'i ddoniau, fe gurodd yr amddiffynwyr ddwywaith yn rhagor gan groesi'n slic at Yunis. Rhwydodd yntau'n hawdd i hawlio'i hat-tric, er ei fod yn gwybod mai gwaith creu Gwilym oedd i gyfrif am ei goliau.

Daeth y treialon i gof Gwilym. Gwilym ac Yunis. Partneriaid.

Yna gyda munudau'n unig ar ôl, cymerodd Gwilym y bêl at yr ystlys unwaith eto. Sylwodd ar Ryan yn symud i fyny o'r amddiffyn a phenderfynodd geisio creu gôl iddo. Dawnsiodd heibio i un o amddiffynwyr Abertawe cyn cyrraedd y cwrt cosbi.

Roedd Ryan ar ochr bellaf i'r gôl ac roedd môr o gyrff rhyngddyn nhw. Ffugiodd Gwilym ergyd tuag at y gôl gan wneud i'r holl amddiffynwyr daflu'u cyrff i geisio atal ei ymdrech.

Gan fod Ryan wedi rhagweld yr hyn roedd Gwilym yn cesio'i wneud, doedd e heb gael ei dwyllo ac felly roedd ganddo rywfaint o le yn y cwrt. Llwyddodd Gwilym ei ganfod yn gampus a llwyddodd yntau i gladdu ei gyfle'n wych.

Abertawe 0 Caerdydd 4. Ac roedd Gwilym wedi creu'r cwbwl.

Yn y car ar y ffordd adre roedd tad Gwilym yn dawel. Y cwbwl wnaeth e ar ôl y gêm oedd cofleidio Gwilym. A dyna i gyd oedd ei angen ar Gwilym.

Wrth i'w dad yrru drwy'r brifddinas, roedd Gwilym yn meddwl am y modd y rhoddodd gyfleoedd i Yunis; y curo cefn gan Ryan; y ffordd wnaeth Phil ysgwyd ei law ar ddiwedd y gêm.

Cofiodd eiriau Phil.

'Beth bynnag ges ti i frecwast heddi, gwna'n siŵr bo ti'n bwyta'r un peth tro nesa. Gêm wych, Gwilym. Ti oedd y chwaraewr gorau – hyd yn oed os sgoriodd Yunis dair gôl.'

Eisteddodd Gwilym 'nôl yn ei sedd a gwenu wrth gau ei lygaid.

'Bydd y wên yna'n brifo dy fochau di cyn bo hir,' meddai ei dad.

Ar ôl eiliad neu ddwy meddai Gwilym, 'Diolch Dad.'

'Am beth?'

'Am fy helpu i. O'n i'n meddwl rhoi'r ffidil yn y to.'

'Paid â sôn,' meddai ei dad. 'Dwi'n credu bod angen i ni ddathlu. Beth am pizza a ffilm?'

'Mae syniad gwell gen i,' meddai. 'Beth am gicio pêl yn y parc heno, pan ewn ni 'nôl? Jyst ti a fi.'

'Syniad da,' meddai ei dad.

'Wedyn gawn ni pizza a ffilm,' meddai Gwilym gan chwerthin.

Dydd Sul 9 Hydref
Abertawe 0 Caerdydd 4
Goliau: Yunis (3), Ryan
Cardiau melyn: Dim

Marciau allan o ddeg i bob chwaraewr gan
reolwr y tîm dan ddeuddeg:

Tomas	7
Connor	7
James	8
Ryan	8
Ronan	6
Cai	7
Sam	6
Gwilym	9
Yunis	9
Ben	6